D+

dear+ novel
kareto karega sukinahito ・・・・・・・・・・・・・・・

彼と彼が好きな人

安西リカ

新書館ディアプラス文庫

彼と彼が好きな人

contents

illustration：陵クミコ

彼と彼が好きな人
kareto karega sukinahito

1

買ったばかりの交通系ICカードで自動改札機を抜けると、構内の風景は以前とは少しだけ変わっていた。

改札を出てすぐがコンビニエンスストアで、その横が全国チェーンのカフェなのは記憶のとおりだが、さらにその隣の弁当屋は初めて目にする。

以前そのスペースにあった店舗はなんだったっけ、と己の記憶力を試しつつ、藤野粋《ふじのすい》はステーションビルから外に出た。四月の空は早朝からすかっと晴れて、プロムナードの新緑がまぶしい。

ゆったりした歩道の横には自転車専用レーンが走り、会社員風の男がロードバイクですいっと藤野を追い抜いて行った。少し前までいた地方都市は完全に車社会だったので、都会に戻って来たんだなあ、と藤野はそんなところで感慨にふけった。そういえば、今追い抜いて行ったロードバイクは神林《かんばやし》の愛車と色が似ている。

高校時代からの親友、そしてそろそろ踏ん切りもついてきた長い片想いの相手を思い浮かべて、藤野は思わず口元を緩《ゆる》めた。

——またこれからしょっちゅう神林に会える。

本社勤務の辞令が下りて、藤野が真っ先に考えたのはそれだった。

そして素直に嬉しい、と思えた自分に安堵《あんど》した。

恋愛感情が落ち着いてきたからこそ、そう思えるのだ。

支社長から辞令を受け取ったあと、東京に戻れることと自分の気持ちの安定ぶりに気をよくし、藤野はいそいそスマホを出して、神林に「四月から東京勤務になったぞー！」とメッセージを送った。するとすぐに「みんなに招集《しょうしゅう》かけとくから、こっち戻ってイチランで都合のいい日教えろや」と返ってきた。イチランというのは藤野の高校時代の部活用語で、「一番早い」という意味だ。

藤野は高校の陸上部で神林と出会い、そしてすぐに恋におちた。

将棋《しょうぎ》の駒《こま》のようないかつい顔にいがぐり頭、いつも肩にタオルをかけて大股《おおまた》で歩いていた神林の姿が今でも鮮やかに目に浮かぶ。藤野の高校時代の思い出は、どれも神林の姿とセットになっている。

神林は自分がモテないことは「当たり前だろ？」ときょとんとしていたが、藤野はずっと納得がいかなかった。高校時代、クラスの女子たちのイケメンランキングに神林が入っていないと聞いたときには「は？」と憤慨《ふんがい》したし、「一位は藤野君だよー」と、持ち上げられたときには「こいつらホントになんにもわかってねえな」と心の中で大きく首を振った。わがままで人の好き嫌いが激しく、面倒なことはすぐにさぼってしまう自分などより、神林のほうが数段男として上ではないか。

それに神林は顔こそいかついが、身長《タッパ》もあるし筋肉質で手足が長い。神林がぱりっとしたスーツを着たジェットセッターになってから格好《かっこう》いい、と気づいても遅いんだからなっ、と藤野は心の中で女子たちに説教していた。が、今のところ神林はビジネスで世界を飛び回る代わりにロードバイクショップの店長におさまって、せっせとキャンペーンやイベントなどに励《はげ》んでいる。ゆくゆくは開発に携《たずさ》わるのだろうが、神林が院卒で入社した自動車関連メーカーでは、まず末端《まったん》の営業を経験させる方針らしかった。大学で自転車部だった神林は、子会社が展開するロードバイクショップに配属されておおいに張り切っている。

そして藤野自身も似たような経緯《けいい》で本社に戻って来た。

デパートのコスメカウンターに必ず入っている大手化粧品メーカーが藤野の就職先だが、担当していたのはプロ向けの商品で、美容院やフェイシャルサロンなどが得意先だった。藤野は支社配属二年目に大手エステティックサロンと専属契約を結ぶことに成功し、地方配属の同期の中で一番早く本社に戻ることになった。

「仕事運だけはいいんだよなー、俺」

あんな大きな契約が取れたのも運なら、それをちゃんと認めてくれる支社長の下にいたのも運だ。

十七階建ての本社ビルは全面鏡張りのような外観で、すかっと晴れた四月の空を映し出している。ネクタイのノットに手をやりながら、藤野は一度立ち止まってビルを見上げ、それから早足でロビーエントランスに入った。初日だからと余裕を見て家を出たが、いくらなんでも早すぎた。エントランスもエレベーターもまだ人けがない。

「すげー」

十階の国内事業部フロアについて、藤野は思わず感嘆《かんたん》の声をあげた。去年かなり改装したと聞いていたが、フロアの壁はぜんぶスケルトンで、オフィスのデスクはどれも流線型で独立している。支社では昔ながらのスチールデスクで島を作って仕事をしていたから、まさに別世界だ。事前に渡されていたICカードをタッチするとドアがスライドした。

「おお…未来的」

まだ誰もいなかったので、とりあえず窓際に寄ってみる。

開放的な窓から都心の緑が見えて、藤野は組んだ両手を頭の上に伸ばして深呼吸した。どこかで一服つけたいところだが、支社と違って本社は二年前から全フロア禁煙で、喫煙《きつえん》エリアも撤去《てっきょ》されている。モバイルシステムなどは共有だが、なにもかもが支社とは違っていて、だいぶ戸惑うことが多そうだ。

期待と不安が半々で、でも週末には神林に会える。

そう思うといきなりやる気がみなぎってきて、藤野は単純な自分に苦笑した。

習慣的にスマホを手に取り、神林のベストショットを集めたフォルダをタップして表示させる。

高校二年の県大会でラストスパートをかける神林、夏合宿でホースで水まきをしている神林、部室の掃除をしながら箒《ほうき》をギターに見立ててふざけている神林。

写真を見るたびに片想いに胸が締めつけられて、でも告白しようなどとは一度も考えなかった。

神林は藤野がゲイだと知って態度を変えるような男ではないが、藤野の気持ちを知ったうえでそれまで通りのつき合いができるような器用な男でもない。ギクシャクするのは目に見えていたし、神林は恋愛感情抜きでも一生つき合っていきたい相手だ。だからこれからも絶対に気持ちを打ち明けるつもりはない。

大学に入ってからはそれなりに遊びも覚え、たまに部活仲間で集まったり二人で飲みに行ったりしても「苦しい」が「楽しい」を上回らなくなった。

藤野は親指で画面をスライドさせた。正月に陸上部の新年会で会ったときの写真だ。ほろ酔いの神林をつかまえて、肩を組んで自撮りした。大きな口で笑っている神林とは、スケジュールが合わず、結局この正月は二人きりで会うことはなかった。

東京に戻って来ても、これからは高校の部活仲間で集まるときに顔を見るくらいになるのかもしれないな、と感傷《かんしょう》が胸をよぎる。藤野はなんとなくトークアプリをタップして、神林と交わした最近の履歴《りれき》を眺めた。

『週末の飲み会だけど、御堂《みどう》も来るぞ』

御堂、という名前にふと目が止まった。神林の大学体育会自転車部の同期の名前だ。

『おまえ御堂とは初対面だよな』

『会ったことはないけど、みんなから噂を聞いて、すでに知り合いの気分ではある』

神林は付属高校からそのままエスカレーターで進学したこともあり、高校のときからの友達と大学でできた友達とがごっちゃになっている。さらに「友達の友達は友達でいーだろ」という性格なので、藤野も神林が所属していた自転車部の飲み会に誘われて、何度か乱入したことがあった。

御堂司《つかさ》は、神林いわく「俺のツレの中では藤野と一、二を争うイケメンだが、方向性は真逆」ということで、要するにチャラい見かけの藤野に対して、御堂はいいところのおぼっちゃんタイプらしい。クソ真面目で一周回って面白い、と他の友人が話しているのも耳にして、どんなやつなんだろ、と興味を持っていた。お互い神林の招集する飲み会には足を運んでいるのに、なぜか今まで一緒になる機会がなかった。

『御堂もおまえに会ってみたいって言ってたから、紹介するわ』

噂の御堂とようやくご対面だな、と藤野は無理やりそっちに興味を引っ張った。

「育ちのいい御堂クン、どんな子かなー」

棒読み口調でつぶやいて、藤野はスマートフォンをスーツのポケットに落とした。

2

神林《かんばやし》が「藤野《ふじの》のお帰り会やるぞ」と招集《しょうしゅう》した飲み会は、週末の客で賑《にぎ》わう海鮮《かいせん》居酒屋で行われた。

「藤野ー！」

「栄転おめでとー」

「おっかえりー！」

主役はちょっと遅れて登場しろ、と神林に指示されて十分遅れで個室のスライドドアを開けると、景気のいいクラッカーで出迎えられた。神林がこういうサプライズを考えつくとは思えないので、陸上部女子チームの誰かの発案だろう。

「歓迎あんがとー！」

身体にテープや紙吹雪《かみふぶき》をくっつけたまま両手を広げて見せると、どっと笑いが起こり、「はい、拍手ー」と神林がまとめた。正月に会ったときと同じ自転車チームのロゴが入ったトレーナーにデニムという格好《かっこう》をしていて、藤野と目が合うと大きな口で笑いかけてきた。ぎょろっとした目に太い眉、頬骨《ほおぼね》の張った神林はお世辞にも男前とは言えない。でも藤野にとってはいまだに世界で一番いい男だ。

個室はモノトーンでまとめられ、壁際がベンチシートになっている。主役主役、と藤野はその真ん中に座らされた。

陸上部として集まると大所帯《おおじょたい》になるが、しょっちゅう集まるメンツは同じ学年の十人ほどで、かつそのときどきでころころ入れ替わる。今回は藤野のお帰り会だから、とみんな無理して集まってくれたんだろうな、と藤野は東京組全員が顔を揃えているのにほろりとした。

「あ、あとから御堂《みどう》も来るんだったな」

店のスタッフが全員揃われましたか？　と聞きに来て、幹事の神林が頭数を確認した。

「御堂も来るんだ？」

神林と同じ自転車部の男がメニューから顔を上げた。

「なんか急用できたらしくて、あとから来るって」

藤野はすっかり忘れていたが、面識のあるらしい女子は「御堂君、来るんだ！」とテンションを上げた。

「俺、初めて会うんだけど、どんなやつ？」

「イケメン」

「おしゃれ」

「真面目」

「いいやつだよな」

御堂と面識のあるメンバーが口々に褒《ほ》め言葉を口にしたので「なんかマイナス要素ないの?」と混ぜ返すと、うーん?とみんなで首をひねっている。

「欠点なしかよ」

「藤野と違って品がいいからなー、御堂は」

少し離れた位置にいた神林が口を挟んだ。

「どうせ俺は柄が悪いよ」

「顔だけだったら、藤野君も清潔感あっていい感じなんだけどなー」

女子が残念そうに藤野を眺めた。

「煙草吸うのがいかん」

「口の利《き》きかたも雑」

「やさぐれ感がある」

「なんで俺にはダメ出しばっかなんだよぉ」

久しぶりなのにみんなヒドイ、と嘆《なげ》いてみせるとまた笑いが起こった。

気の置けない仲間との時間は楽しくて、一通り料理に手をつけたころにはみんな笑いすぎて声が枯れそうになるほどだった。

「ちょっと煙草行ってくるわ」

酒が入ると喫《す》いたくなるのは喫煙者《きつえんしゃ》の常で、藤野は席を外した。

大学の友人たちはそこそこ喫うが、ずっとスポーツをしている神林たちは喫煙しないので、当然灰皿はキレイなままだ。

都会は居酒屋でも喫煙する客は少なく、レストルームの前で喫うのですら通りかかる客に気が引けた。都会と地方の違いは自転車通勤の有無《うむ》より喫煙率かもしれん、と藤野は妙にすごすごとした気分で引き返した。

「あ」

「すみません」

個室のスライドドアに手を伸ばしかけ、別の誰かと手がぶつかりそうになった。見たことのない長身の男だ。店の出入り口からやってきた彼と、レストルームから戻って来た藤野が、別方向から同時にスライドドアに手を伸ばした格好だ。

「もしかして、えーと、御堂君？」

「はい。あ、もしかすると、藤野君？」

相手も、思い当たった、というように目を丸くした。すらりとした長身で、藤野より少し背が高い。優しげな顔立ちは厭味《いやみ》のない王子さま風だ。耳の隠れる長さの髪は自然な感じだが、きちんとスタイルを整えていて、春らしい薄手のニットにコットンパンツもどこか垢抜《あかぬ》けている。

藤野が相手を観察するのと同じように、御堂も藤野を観察していた。その探るような目の動きに、藤野は別の意味でピンときた。

同性を恋愛の対象にする男は、なんとなくわかるものだ。

ちょっと驚いたが、お仲間ですね、という意味をこめてにっこりしてみせると、御堂はやや遅れて笑い返してきた。よく意味がわかっていない様子だ。

「どうぞ」

スマートな仕草でドアを開けて、御堂は藤野に先を譲《ゆず》ってくれた。藤野のアイサインはスルーされていて、あれ？　違ったか？　と首をひねりつつ、藤野は「どうも」とドアをくぐった。

「おー、御堂」

藤野のあとから入って来た御堂に、歓迎の声があがる。

「すみません、部外者が入れてもらったあげく遅くなって」

すっかり出来上がっている仲間に、御堂が礼儀正しく挨拶《あいさつ》をした。

「御堂ー、そっちが藤野だ」

テーブルの一番端っこにいた神林が、声だけ張り上げて雑に紹介した。決して弱くはないのに、神林は飲むとすぐに真っ赤になる。

「うん、今そこで聞いた」

てかてか赤くなった神林の顔を認めると、御堂がぱっと笑顔になった。神林の隣が空《あ》いているのを目ざとく見つけつつ、藤野は「ん？」と軽く引っ掛かりを覚えた。神林に向けている御堂の笑顔には、若干《じゃっかん》のはにかみ要素があった。ただの友人に対するものとは違う、微妙な感情が混ざり込んでいるように思える。その上御堂は近寄ろうとしたところを、こっちこっち、と女子メンバーに引っ張られて、無念そうな表情を浮かべて反対側の奥に座らされた。

「あれが噂の御堂か?」

ふっと浮かんだ疑惑を隠して、藤野は神林の隣を陣取《じんど》りながら、さりげなく話を振ってみた。

「そうそう。いいやつだぞ。イケメン同士で仲良くしてくれ」

神林が上機嫌で応じた。御堂は女子にメニューを渡されているが、目は未練がましくちらちらとこっちを見ている。

「御堂君って、彼女いんの?」

軽い興味を装《よそお》って、藤野は探りを入れた。

「それがあいつ、いないいんだよ」

神林の横にいた男が口を挟んだ。西尾《にしお》は神林同様、高校から付属大に進み、自転車部に入った男だ。小柄だがエネルギッシュで、高校時代からずっと同じ陸上部メンバーの女子とつき合っている。

「彼女いないの? マジで?」

「まー理工学部でチャリ部となると、出会いがないっちゃないけどな。御堂って合コンとかも嫌いだし」

「へー、なんでだろ」

ゲイだからじゃないんですか、と心の中で御堂に問いかけてみる。

「出会いかたとして不自然だからとか、なんとか言ってたな」

「へー」

ほんとかね。

「くそ、余裕だよな。御堂にはモテない男の悲哀はわからんのだろうな！」

神林がおおげさに嘆《なげ》いて見せた。

「神林の場合は女子に夢を見すぎてんだよ」

西尾の発言に、藤野もうなずいた。

「合コン行っても、勝手に盛り上げ要員になってるんだろ？」

「それを言ってくれるなって」

神林が無念そうに嘆息《たんそく》した。

「だって、なんかそういう女子って指まできらきらしてて、いい匂いしてて、緊張するだろ？俺がふつうに話せる女子はあいつらとかーちゃんくらいだ」

あいつら、と神林が見やった陸上部女子は、イケメン王子を囲んでぎゃははと色気のない笑い声をあげている。みんなそこそこ可愛いが、ネイルをした手でしとやかにサラダのとりわけをするタイプではない。今も御堂を囲んで盛り上がってはいるものの、テーマパークで王子スタッフとはしゃいでいるのと変わらないからっとした陽気さだ。御堂自身は控えめな態度で、それがさらに好感度アップにつながっている。

「あー、でも確かに御堂の場合はモテすぎて逆に女っけがないってタイプかもなあ」

西尾が勝手な考察をする。

「同じ女っけがなくても、俺と御堂では見てる景色が違ぁーう！」

神林ががおーと吠えた。

「俺の場合は正真正銘の女っけなし！　看板に偽《いつわ》りなし！」

「神林君、うちの会社のコと合コンする？」

「あたしも友達紹介するって言ってるのに」

笑って聞いていた女子がいつもの声かけをして、神林がいつも通りに怯《ひる》む。

「む。それは、その…」

今年こそは彼女をつくるぞ、と正月に神林は意気込んでいたが、それは高校時代からの持ちネタのようなものだ。それなら、と持ち込まれる紹介や合コンで、神林は毎回見逃し三振《さんしん》を続けている。

みんなと一緒に笑いながら、藤野は御堂のほうを窺った。

感じのいい笑顔を浮かべている御堂の目に複雑なものが浮かんでいるのを、藤野だけは見逃さなかった。

「おーい、御堂」

神林が急に立ち上がった。

「こぉの色男めっ」

酔っぱらった神林が御堂の向かいの席にどかっと座った。

「まったく、見ればみるほど爽《さわ》やかイケメンだなっ」

「神林、酔ってるな？」

困惑しているが、御堂は明らかにテンションを上げた。このこの、と神林につつかれて頬まで赤くしている。周囲も出来あがっているので誰一人気づいていないが、藤野だけはしっかり観察していた。神林がぐびっとサワーをあおると、御堂がふと神林の喉《のど》もとや手首に視線を走らせ、それから切なさいっぱいに目を逸《そ》らせた。

もしかして、と思っていたが、これはもうガチなのでは。

「御堂ぉー、俺の話、聞いてる？」

神林がさらに御堂に絡《から》んだ。

「聞いてるよ」

左右の女子の話などもう耳にも入っておらず、御堂は真正面に座って因縁《いんねん》をつけている酔っぱらい神林だけをきらきらした目で見つめている。久しぶりに会えて、みんなが酔っ払っていることもあり、ついついガードが緩《ゆる》んでいるのだ。

高校時代から延々と同じ経験をしてきた藤野は、「間違いない」と確信し、想像してもみなかった状況に心底驚いた。自分と同じように神林に片想いしている男がいるとは。

驚きすぎて、そろそろお時間でーす、と居酒屋から追い出され、次いこ次ー！　と盛り上がっているメンバーの中、「あのさ」と藤野はそっと御堂の腕を引いた。

「御堂君と、ちょっと二人だけで話がしたいんだけど、どう？」

こっそり耳打ちすると、御堂はきょとんとした。

「話、ですか？」

飲み会の間は結局ろくに話をしていなかったので、藤野の申し出は「せっかくだから仲良くなろうよ」という意味にもとれなくはない。でも、それならこのまま一緒に二次会に、という顔つきの御堂に、藤野は意味ありげに声を潜《ひそ》めた。

「神林のことで、ちょっと」

思った通り、御堂ははっと目を見開き、すぐ顎を引いて藤野を見た。目に強い警戒が浮かんでいる。

「どこで？」

一瞬迷ったようだが、すぐに腹をくくった様子で御堂が訊いた。

「そこのカフェで待ってる」

二人だけで抜けたのがバレないようにあとから来て、と耳打ちし、少し先にあるチェーン店を目で示した。御堂が小さくうなずく。

「ごめん、俺、急用入ったー！」

藤野はスマホをかざしながら大声を出した。

えー、なんでぇ、という声にごめんごめんと片手で手刀《てがたな》を切って謝りながら、藤野はもう一度御堂に目だけで念押しした。

「また今度なー」

残念そうに言って、藤野はいかにも急に呼び出された、というていで駅のほうに早足で向かった。駅の周辺をぐるっと一周して戻ってきたらちょうどいいかな、と思ったとおり、藤野が店の奥の席に座ってほどなく、長身の男が店に入って来た。

きょろきょろ見回しているのに片手を上げると、御堂はまっすぐ藤野のほうに向かって来た。

「出ようか」

人の出入りが多いチェーンのカフェは落ち着かない。藤野が促《うなが》すと、御堂は黙ってついてきた。

「どこか、行きたい店とかある？」

「いえ、特に」

御堂はあきらかに神経をとがらせていた。

それにしても、確かにこいつはずいぶんお上品な男だ。

並んで歩きながら、藤野はそこには素直に感心した。藤野と正反対、という神林たちの評価にもうなずける。背筋がすっと伸びていて、ふつうに歩いているだけなのに森林浴でもしているような爽やかさだ。

「じゃ、適当なとこ入るな」

何度か行ったことのある雑居ビルのバーに案内し、込み入った話になるかもしれない、と藤野はカウンターではなくボックスシートを選んだ。

「喫っていいかな」

「どうぞ」

やや年齢層の高い店で、客はみなしっとりとグラスを傾けている。

勢いで飲みに誘ったものの、御堂の空気は硬い。どう切り出そうかと藤野は頬をこわばらせている御堂を見やった。藤野にしても明確な目的や理由があって誘ったわけではない。ほぼ弾《はず》みだ。

「喫う？」

とりあえず一拍おきたいときに煙草は便利だ。

「俺は喫わないんで」

「だよね」

カチリと煙草に火をつけると、御堂がわずかに身体を引いた。煙が苦手なのだろうが、どうせこの店は喫煙者でいっぱいだ。薄暗い照明にゆらゆらと紫煙《しえん》が立ち上っている。

「えーと、藤野粋《すい》です。メーカー勤務で今年四年目。知ってるだろうけど神林とは高校の陸部で一緒で、――出会ってほぼ速攻で神林のこと好きになって、長いこと片想いしてる。まあ最初から諦《あきら》めてるけど」

改めて自己紹介しとこうかな、という気持ちで口を開き、ほとんど流れで打ち明けてしまった。

あー、言っちゃった。まあいいか、そのために呼び出したようなもんだし…とそれでも若干《じゃっかん》相手の反応が心配で様子を窺うと、おしぼりを広げようとしていた御堂の手はぴたりと止まっていた。俯《うつむ》いているので表情は読めない。

「ごめんな、いきなりこんな話して」

どう返事をしようかと必死で考えているのがわかって、藤野は軽くダメ押しをした。

「けど、御堂君も俺と同じなんだろ？」

えっ、と御堂が顔を上げた。その驚きの表情に、藤野も驚いた。

「神林のこと、好きなんだろ？」

「えええッ？」

ばっとシートに背中を張りつかせて焦《あせ》った声をあげた御堂に、近くのカウンターの客がちらっとこっちを見た。

「す、すみません」

御堂があわてて口を押さえ、藤野は鼻白《はなじろ》んだ。まさかとは思うが、バレてないとでも思っていたのか。

「あ、どうも」

制服のバーテンダーがタイミングよく注文したビールを運んで来た。

「そんな驚かなくても、お仲間は見りゃわかるよ」

まー落ち着いてよ、と細長いビールグラスを御堂のほうに押しやった。御堂はまだ茫然《ぼうぜん》としたまま藤野を見ている。

「神林のことで話がある、って言われてピンとこなかったわけ？」

「神林の人のよさにつけこんで、陸上部の集まりなのに部外者が首つっこんでくるなって説教されるのかと思ってた」

御堂の的外れな推測に、藤野はムッとした。

「そんな心狭くねーよ」

「そ、それより今の話、神林は…？」

御堂がおそるおそる尋ねた。

「俺が神林に片想いしてるってこと？　知ってるわけねーじゃん。気づくわけもないし。だからずっと完全なる片想い。神林を困らせたくないから言うつもりもねーよ」

「そ、そうか…」

御堂はまだ驚きが収まらない様子で、あちこち視線をさまよわせた。

「まーどうにかなる可能性なんかまったくないのわかってるから、気楽っちゃ気楽だったけど、どうも俺、諦めが悪くて。だから大学も外部受けたし」

「へえ…」

「ちょいちょい彼氏っぽいのはできたし、毎日学校で会うこともなくなったらだんだん心の整理もついてきたんだけど。でもあいつ、いまだに彼女できないんだよな。だから、なかなか諦める踏ん切りつかなくて」

藤野はふっとため息をついた。

「いっそのこと、彼女つくってくれたら、諦められるんだけどな」

神林の「彼女ほしい」発言は持ちネタのようなものだ。が、それを聞くたび藤野は複雑な気持ちになった。

高校時代は見る目のない女子に憤《いきどお》りつつ、反面神林に彼女ができないことに安堵していた。今はむしろ「早く彼女つくってトドメ刺してくれねーかな」という気分だ。一番苦しかった時期は過ぎたものの、神林に彼女ができないうちはきっぱり思い切れそうもなく、そんな自分にうんざりしていた。

しかし藤野の想いをよそに、神林は未《いま》だに彼女いない歴を更新し続けている。

神林の唯一の女性経験は、大学一年のときに部活のＯＢに無理やり風俗に連れていかれたというものだ。神林は多くを語らなかったが、あれからさらになにかを拗《こじ》らせちゃったんだよなあ…、というのがそのとき一緒に連れて行かれた西尾の証言だ。

「俺もそれ、あとで西尾から聞いた」

黙って藤野の述懐《じゅっかい》を聞いていた御堂が、突然周囲の空気を五度ほど下げた。

「ぜったいに許せないと思って、俺、そのＯＢに体育会自転車部から永久除籍《じょせき》してもらった」

「永久除籍？」

「風俗に無理やり連れて行くなんてセクハラだろ？　許せることじゃない。事情を聞かせてもらいたいって自宅にお伺いして、最終的に自主的に退《しりぞ》いてもらった」

そのときのことを思い出してまた腹が立って来たらしい。御堂の声がさらに低く、冷ややかになった。いかにも優しげな王子顔だけに目を怒らせると妙な迫力があって、藤野は思わず身体を引いた。

「まあ、無理やり風俗はまずいよな。このご時世に」

「ありえない」

御堂が短く切って捨てる。

「体育会はただでも縦《たて》社会だ。神林は一年のときから学年リーダーだった。一年を代表してる立場でＯＢの強引な誘いを断るのは心理的に負担が大きすぎる。セクハラで、パワハラだ」

どうやら御堂はかなり潔癖《けっぺき》で、かつ見た目の印象とは違って一皮剝《む》くとかなりの激情型らしい。

「ときに御堂君は、彼氏とかは…？」

「俺は、ずっと神林が好きだったから」

怒りついでにいろいろ整理がついたらしい。藤野の好奇心からの質問に、御堂は妙にきっぱりと言い切った。暗に藤野が神林に惹《ひ》かれつつ「ちょいちょい彼氏っぽいの」をつくっていたことを非難している。

「もちろん、俺も告白して神林を混乱させたりするつもりはないよ。神林はゲイを色眼鏡で見るような男じゃないけど、もし俺の気持ちを知ったら困ると思う。だから一生打ち明けるつもりはない。神林とはそういうの抜きでも、ずっとつき合っていきたいから」

一言一句藤野と同じ気持ちだ。藤野は肩から力を抜き、一度シートに背中を預けた。

「俺たち、あんまり似たとこなさそうだけど、そこだけは同じみたいだな」

御堂が小さくうなずく。

「これも何かの縁だし、よかったら連絡先交換しない？」

気が合いそうには思えなかったが、ここまで打ち明け話をしたからにはそのくらいいいだろう、と藤野はポケットからスマホを出した。

「何のために？」

御堂が眉をひそめた。

「いや、別に何のためってこともないけど。嫌ならいいよ」

ちょっとムッとしてスマホをしまおうとすると、御堂はしばらく何事か考えていたが、自分のスマホを出してきた。

「別に、嫌ってわけじゃない」

なんだよもったいぶりやがって、と思わなくはなかったが、言い出した手前ひっこめるのも大人げない気がして、藤野は御堂と連絡先を交換した。

3

インポートブティックや東欧《とうおう》雑貨を扱うインテリアショップの並びに、新しくカフェがオープンした。カウンター席にはずらりと電源が備《そな》えられ、一人分のスペースはゆったりと広い。観葉植物で間仕切りされた奥にはプリンターやコピー機も設置されていた。

定期保守報告書を仕上げると、御堂司《みどうつかさ》はキーボードの上に片手を乗せたまま、カップの底に残っていたコーヒーを飲み干した。目はディスプレイにやったままで報告書の内容を確認する。

平日の午後三時をすぎると、このカフェは客層ががらっと変わる。大学生カップルや女子高生のグループがやってくる前に面倒な書類仕事は終えておきたかった。今のところ、周囲は御堂と同じようにパソコンやモバイル端末《たんまつ》に向かっている客ばかりで、ちょっとしたフリーオフィスのような雰囲気だ。

「よし」

昨日のうちに作っておいた改善提案書と一緒に添付してメールで送ると、やっと一息ついた。会社の規模が大きくなるほど担当者のメール使用率は高くなる。今どきメールのやりとりをするのは非効率《ひこうりつ》だと思うのだが、クライアントの意向には合わせるしかない。

御堂は自分の職業を、聞き覚えがあるだろう、という理由で「プログラマー」「システムエンジニア」だと両親に説明していた。が、御堂の両親は未《いま》だにピンときていない様子だ。就活《しゅうかつ》シーズンのとき、大企業の名刺を携《たずさ》えた複数のOBがリクルートに来たが、御堂は満員電車に揺られる生活も、辞令一枚で転勤させられる人生もまっぴらだった。一応正社員ということになっているが、御堂の勤務先は大学の先輩たちが数人で起《た》ち上げたウェブサービス会社で、福利厚生《ふくりこうせい》も勤務規定もかなりいいかげんだ。そのぶん仕事の自由度は高く、今のところ給与もいいので不満はなかった。

両親は就職先にはとくにこだわっておらず、仕事内容にも無頓着《むとんちゃく》だ。ただ、なんでおまえは仕事に行くのにスーツを着ないのか、自転車で昼過ぎに出勤などして本当に許されるのか、とそんなことに驚いている。まあしかたがない。

なにせ「御堂」は、先々代が元気なころまでは正月になると近所の「小作《こさく》さん」連中が新年の挨拶《あいさつ》に来ていた、というような古臭い家柄だ。だだっぴろい日本家屋《かおく》は使っていない部屋だらけで、入り組んだ廊下の奥には使途不明の座敷が複数ある。昔は妻妾《さいしょう》同居も当たり前だったとかなんとかで、季節ごとにやってくる遠縁たちは真偽不明の昔話で盛り上がる。戦後にだいぶ土地を手放したというが、それでも駅前一帯や、国道脇のショッピングモールの駐車場は御堂の土地だ。

本家の跡継ぎ。

物心ついたときから縁戚《えんせき》中にそう言われ、持ち上げられて、ずっと御堂は憂鬱《ゆううつ》だった。七つ上に兄がいたらしいが、一歳にならないうちに病死したらしい。そのあとなかなか子どもができず、おかげで死ぬほど過保護で育った。二つ下の妹はその点のびのびしているが、節目《ふしめ》の席ではかならず振《ふ》り袖《そで》着用を強《し》いられて辟易《へきえき》としていた。そんくらい我慢しろよ、と言いたい。こっちはゲイなのに将来は「しかるべき家のお嬢さん」と結婚してさらに男の子をもうけろとか言われているのだ。思春期のころにはその重圧にも押しつぶされそうになった。

女は嫌いだ。

とにかく嫌いだ。

小学校高学年のころ、三つ上のませた従姉妹《いとこ》がなにかと口実をつくっては身体に触れてくるようになって、御堂はそれが嫌でたまらなかった。が、おかげで自分がゲイなのだと早いうちに気がついた。家族やおばさんは特になんとも思わない。むしろ煙草を喫《す》って酒臭い息で下品な話を声高《こわだか》にするおっさんよりも、ケーキとお茶で楽しげにおしゃべりするおばさんのほうが好感度は高い。ただべたべた近づいてくる同級生の女子や、登校途中にじろじろ見てくる女子が嫌で、だから中学からは男子校を選んだ。

中学高校と同級生にうっすらとした憧《あこが》れを抱いたことはあったが、それ以上に発展することはなく、悶々《もんもん》とした思春期を過ごして、御堂が初めて本気で好きになったのは、大学の部活で知り合った神林久嗣《かんばやしひさつぐ》だった。

ぎょろっとした目に太い眉で、頬骨の張ったいかつい顔の神林は、客観的に見れば決して男前ではない。でも好きになった十八歳の夏から、御堂にとって神林はずっと憧れの存在だった。

自転車部に入ったのは、活動の中心が「男ばかり十数人で鍋釜《なべかま》かついで自転車旅行する」というのを聞いて楽しそうだなと思ったからだ。過保護で育って、自分に生活能力がないことにうっすらとした危機感もあった。

結果として、ひ弱でやや潔癖《けっぺき》のきらいがあった御堂は、見事に生まれ変わった。

ひょろっと背ばかり高かったのが鍛《きた》えられて筋肉がついたし、きれい好きなのは変わらないが、必要とあらばオフィスの床でも平気で眠れるようになった。それもこれも神林の存在あってのことだった。

御堂と同じく入部当初は自転車は初心者だったはずなのに、神林は体力お化けでサバイバル能力が高く、よれよれになった御堂をいつでもさりげなく助けてくれた。その上まったく恩着せがましい態度はとらない。

憧れや尊敬はいつしか恋心に変わり、神林のような男になりたい、という思いが御堂を変えた。

自分がゲイだということを少しも後ろめたいとは思わなくなったのも、もちろん神林を好きになったからだ。今では誇《ほこ》りにすら感じている。

以前は重荷でたまらなかった「御堂」という名前も、今は「別に継ぐべき家業があるわけでもない、ただの土地持ち」と認識している。女性との結婚を強要されたらそのときにはカミングアウトするつもりだ。

とはいえ、特に軋轢《あつれき》も生じていない今、わざわざ波風をたてる必要もない。就職してからは都内にワンルームを借りて基本的にはそこで一人暮らしをしているが、コンクリートの狭い部屋は息が詰まるので、リモートワーク期間や休日などは実家に帰ることにしていた。家族仲は特に悪くない。

ノートパソコンをリュックに滑り込ませると、御堂はモバイルで次の予定をチェックした。同僚と共有しているタスクの進捗《しんちょく》を見てから、なにげなくプライベートのSNSをタップした。

「ん？」

見覚えのない猫のアイコンが目につき、一瞬これ誰だ？　と首をひねってすぐ思い出した。藤野《ふじの》だ。神林の高校時代の部活仲間。

少し前に成り行きで連絡先を交換したものの、もちろんそのあとなんの接触もない。初めて本物のゲイと会った。

しかも神林に片想いしていると言った。

あの夜の驚きを思い出し、コーヒーを飲もうとしてカップが空《から》になっていたのに気づき、御堂はグラスの水を一口飲んだ。

神林に藤野という親しい友人がいることは知っていた。

性格のいい神林には当然たくさんの友人がいて、高校時代の部活仲間とも頻繁《ひんぱん》に交流している。御堂は「友達の友達は友達でいーだろ」という神林のおおらかな誘いにありがたく乗って、その集まりにもよく参加させてもらっていた。

藤野粋《すい》、という名前は「今日は来れねーみたいだ」というコメントとともによく耳にした。そのたびに「えー」「なんでー」という残念そうな声がして、ずいぶん人気があるんだな、と思っていた。

どんな人なんだろうという好奇心で訊くと、「顔だけはめちゃくちゃいいけどちょっと短気」「繁華街歩いていたら五分おきにチラ見されるけど目つきが悪い」という返事で、みな好き勝手なことを口にしつつ「藤野」には好意を持っていて、さらに興味が湧いた。

神林は「俺の友達の中では御堂と一、二を争うイケメンだな。ただし方向性は真逆」と評し、総合して「世間知らずで融通《ゆうずう》の利《き》かない自分とは正反対のさばけた美形」というイメージを抱《いだ》いていた。

初めて会った藤野粋は、確かに人目を引く華やかな男だった。

メーカー勤務だと聞いていたが、明るい髪色にクレリックシャツがよく似合い、アパレルか広告関係の仕事をしていそうに見えた。二次会に流れていく仲間の中から御堂だけをピックアップするやりかたもいかにも物慣れていて、実際、藤野と御堂が示し合わせて抜けたことは誰も気づいていなかった。

御堂は夜遊びをしないので、当然バーなどにも馴染みがない。おっかなびっくりついていったほの暗いバーで、藤野はさらりと爆弾発言をした。

「……」

御堂はグラスに半分ほど残っていたぬるい水を一気に飲み干した。

神林に片想いをしていた、と藤野はそう言った。しかも、おまえもそうなんだろ？　と言い当てた。心底驚いた。

神林を困らせたくないし、一生友人としてつき合っていきたいから、告白するつもりもない。自分とまったく同じ気持ちの人間がいたことに、何より御堂は驚いていた。砂漠の真ん中で一人佇《たたず》んでいたら、唐突に旅人が現れて声をかけてきたような気分だ。

喫煙者《きつえんしゃ》は嫌いだし、それなりに遊んでいる様子だったのも気に入らない。向こうもこっちのことを「融通のきかない面白味のないやつ」くらいに思っているだろう。

ただ、荒涼《こうりょう》とした砂漠の真ん中で奇跡的に出会ったことで連帯感のようなものは感じていた。藤野が連絡先を交換しよう、と申し出たのもそういう「縁」を感じてのことだったのだろう。時間をおいた今はそれも理解できる。でもあのときには意図がわからず、つい「何のために」と訊いてしまった。藤野のムッとした表情を思い出し、御堂は内心で少し反省した。自分が四角四面で偏狭《へんきょう》なところがあるのは自覚している。

藤野のアイコンを眺め、猫を飼ってるのかな、などと考えながら御堂はアプリを閉じた。

そのあと軽くモバイルを介して同僚と情報交換し、御堂はカフェを出た。四月も後半で、午後になっても空気がさらっと爽《さわ》やかだ。

リュックを背負い、軽量ヘルメットをつけると、御堂はカフェの前に駐輪していたクロスバイクにまたがった。しばらくメンテナンスをしていないから近いうちに店に行く、と神林に連絡を入れていた。今から行けば、ちょうど店の暇な時間帯だ。

神林が店長をしているロードバイクショップは、片側二車線の幹線道路沿いにある。シネコンや大型ショッピングモールの連なる一帯で、広い公園にも隣接している。御堂はここに月に一度は顔を出していた。

「いらっしゃいませ」

自転車を押して広い店内に入っていくと、すぐにユニフォーム姿の若い女性スタッフが出てきた。

「定期メンテナンスなんですが、店長は」

ニューモデルが同じ角度でずらっと並ぶ店先から奥のほうに目をやると、袖《そで》を肩までまくりあげた男が床に膝をついて細いタイヤを整備しているのが見えた。

「おう、御堂か」

神林が肩越しに振り返って、にかっと笑った。それを目にするだけで胸が弾《はず》んだ。

「悪いな、ちょっと待っててくれ」

「お預かりいたします」

御堂の手から女性スタッフがクロスバイクを受け取った。この店で初めて見る顔だ。胸についているネームプレートには「埜中《のなか》」と手書きで書いてあり、研修中というシールが貼ってあった。背が高く、かつ筋肉質な女性だ。

「よければ、お荷物はこちらにどうぞ」

ヘルメットを外していると、商談用の丸テーブルから御堂のそばに椅子を引き出してくれた。

「ありがとうございます」

ずいぶんきびきびした人だな、と御堂は埜中という女性スタッフがバイクハンガーに愛車をセットするのを見やった。美人というのではないが、溌剌《はつらつ》としていて、スポーツウーマンという雰囲気だ。女嫌いの御堂も、彼女には自然に好感を抱いた。

「あの子誰？」

工具を片づけて近寄って来た神林に、御堂は小声で訊いた。

「ん？　ああ、埜中さんか。先週からバイトに来てもらってる女子大の子。バレーボールやってたらしいけど、もう引退したんだってさ」

「へえ、それで背が高いのか」

御堂も神林も百八十を少し超える。たいていの女子は目線がかなり下になるのだが、埜中は男友達と変わらない高さだった。

「で、チャリの調子どうよ、なんか気になるとこある？」

神林はさっそくクリップボードを手に、御堂のクロスバイクの前に行った。

「特にないけど、そろそろチェーン替えようかなと思って」

「おまえ手入れマメだし自分でメンテできんのに、そんな早く替えなくてもいいんじゃね？」

「仕事の足だから、突然いかれたらまずいんだよ」

まさか「おまえに会うための口実に決まってるだろう」などという本音を言うわけにはいかない。御堂は用意している言い訳をすらすら口にした。

「こっちのマンションは狭くて、ちゃんと整備する場所もないし」

「ああ、そっか。おまえ今は実家じゃなかったんだったな」

神林が軽くギアをチェックした。

「そろそろ新しいのに乗り替えてもいいんだけどな」

空気圧を見ている神林に、御堂はさりげなく言ってみた。来月が店の棚卸《たなおろし》だと聞いている。

神林の成績になるのなら協力したいし、それでまた神林に会える機会が増えたら嬉しい。

「まだ乗り替えは早いだろ」

「でも街乗りするのに、グラベルもいいかなと思って。輸入車の新しいモデルとか見てみたい」

「そらいいけど」

「どうぞ」

神林と話していると、埜中が冷茶の入ったカップをテーブルに置いた。その指先にはテーピングの跡がある。ネイルもリングもしていない若い女の子の手を、久しぶりに見た気がした。

「埜中さん、カタログ持って来てくれる？　今朝来てたやつ。俺のデスクの上にある」

「はい」

冷茶の入ったプラスチックカップを口に運びながら、御堂はふと小さな違和感を感じた。

「店長、ここにあるカタログ、全部ですか？」

スタッフルームに入って行った埜中がすぐに顔だけ出して神林に訊いた。

「そう、全部」

そこで御堂は違和感の正体に気づいた。神林が女子に対してこんなに自然体なのを見るのは初めてだ。

「あ、それと埜中さんの来月のシフト表、出してるから帰る前に見といて。だめな日来週までにペケつけといて」

「了解です」

少しして、埜中がカタログを持って来た。

「こちらです」

「あ、…すみません」

埜中がカタログを差し出すのに、手を出すのが一拍遅れた。

「店長、それじゃ上がりますね」

「おお、お疲れ」

埜中は御堂のほうに向かって、失礼します、とぺこりと頭を下げた。体育会系のきびきびした礼だ。

「バイトの子、感じいいな」

「埜中さん？　うん、よく気がつくから助かってるよ」

神林の口振りにはやはり「バイトの子」以上のものはない。しかしその何もなさがあり得ないことだった。

神林は同年代の女子に極端な憧れと過剰《かじょう》な思い入れを持っている。「かーちゃんと陸部女子」以外の女の子に、あんなに自然な態度で接する神林を、御堂は初めて見た。

最近は女性の間でもロードバイクは人気で、ショップに配属されてすぐのころは、神林はしきりに「やばい」「緊張する」とこぼしていた。さすがに接客ではそんなことも言っていられない様子ですぐに慣れたようだが、それでも若干《じゃっかん》硬いな、と思わなくもなかった。

埜中に対してはまったくの自然体で、しかも「陸部女子」に対する遠慮のなさともまた違う。

「店長」

スタッフルームに引っ込んだ埜中が、少ししてまた出てきた。すみません、と御堂に会釈《えしゃく》してから「シフト、これですよね？」と小声で言って手にした紙を神林に見せた。

「ん？」

神林がつと埜中のそばに寄った。

シフト表を確認するために近寄っただけだとわかっていたが、その何の気なしの動きに、御堂は衝撃を受けた。

「あ、ごめん。曜日がずれてるな」

「ですよね。これ、直しときますね」

「ごめんな、助かる。他のやつらにも曜日ずれたって言っとくわ」

「了解です」

なんでもない会話だし、神林はあくまでもバイトの子として見ているようだ。

でも、違う。長年神林だけを見つめてきた御堂にはわかる。いつもとは絶対に違う。

――いっそのこと神林に彼女ができたら諦めもつくんだけどな。

バーの暗がりの中、物憂《ものう》げに煙草をくゆらしながらつぶやいた藤野の顔が脳裏《のうり》をよぎった。

——神林に、彼女ができたら……。

埜中は神林の横に当たり前に立っている。胸騒ぎがした。

「それじゃ、今度こそ上がります」

「うん、お疲れさん」

笑顔を交わす二人に、御堂は思わず視線を逸《そ》らせた。背中に嫌な汗がにじむ。

神林に彼女ができたら諦めがつく。確かにそうだ。藤野の苦い述懐《じゅっかい》に、御堂もあのときは共感を覚えた。

でも実際に神林が誰かに恋をするのを見て、平静でいられるだろうか。耐えられるのだろうか。

神林が埜中と親密に視線を交わしたり、微笑み合ったり、そんな姿を見て「よかった」と思えるのだろうか。

——ぜったい無理だ。

想像しただけで眩暈《めまい》がした。

一人でそんな過酷な状況をやりすごせるとは思えない。

さらに二人がつき合うことになったら。

「御堂?」

「えっ、あっ、な、なに？」

神林が不審げにこっちを見ていた。御堂は慌てて顔を上げた。

「どうしたよ、ぼーっとして。そのカタログの最新モデルが来月入ってくるぞ」

神林が楽しそうにカタログを開いた。

欧州の歴史あるロードレースの写真を使った美しいビジュアルに目をやりながら、御堂はどうしようもなく湧きあがってくる不安と必死に戦っていた。

4

藤野《ふじの》が新オフィスに来て、三週間が過ぎた。

金曜日の午後十時、ようやくオフィスのあちこちで一人二人と先輩社員が「お先っす」と腰を上げ始めた。

スケルトンの壁に配線の這わないカーペットの床、真っ赤なチェアと流線型の白いデスク。

「絵になるオフィス」で周囲に人がいなくなると、藤野は脱力し、ふー、と深いため息をついた。

一昨日《おととい》、女性向け経済誌の取材が入り、広報の若手社員がパンツスーツで颯爽《さっそう》と部長にインタビューしていた。

「定例会議のようなものはもう数年前から廃止してますよ」

部長は歯を見せて写真におさまっていたが、居合わせた社員はみな居心地悪く、互いの顔を見ないようにしていた。確かに以前はあったらしい「定例会議」はなくなっているが、チャットが使えない部長のために、プロジェクトメンバーの発言をタイプして出力し、毎朝一番に提出するのは藤野の仕事だ。そして定例会議がなくなったため、部長決裁を確実にとるタイミングを失った社員は、無駄なスケジュール調整を強《し》いられている。

「ばっかじゃねーの…」

オフィスのフリーシステムというのも名目だけで、誰がどのデスクを使うかはほぼ決まっている。それなのに個人的な持ち物をデスクに置けない決まりなので、社員はみな不必要な大型バッグに端末を入れて持ち運んでいた。

「はー、やってらんねー」

心の声が勝手に独り言になって洩《も》れてしまう。

最先端のオフィスに「ついていけるのかな」と戦々恐々《せんせんきょうきょう》としていたのは最初の数日だけで、今は別の意味で「だいじょうぶか俺」と自問していた。

支社時代は昔ながらの営業方式で、いちいち上司や先輩にホウレンソウで動いていた。日報を手書きで書き、足を使ってクライアントに新商品のトライアルをお願いする。昭和かな、と同僚や先輩と愚痴《ぐち》を言い合ったりもしたが、支社長のキャラクターもあって、今思えば支社内は風通しがよく、働きやすかった。それに引き換え、本社勤務になってからは意味の見出《みいだ》せない雑務ばかりを押しつけられて、藤野はストレスが溜まりっぱなしだった。週末の今日こそはストレス解消せねば。

神林《かんばやし》とサシ飲みできれば最高なのだが、あいにくスケジュールが合わなかった。それならゲイ仲間とぱっと騒ぐに限る。

「ん？」

帰り支度をしながらモバイルを確認すると、ポップアップで見慣れない自転車のアイコンが表示されていた。仲間の誰かがアイコンを変えたのかな、となにげなく見ると「御堂《みどう》」とある。ショートメールだ。

――藤野君と話したいんだけど、無理かな。

夕方から立て込んでいて気づいていなかったが、タイムスタンプは午後四時半だ。タップするとその前にも「神林のことで話がある」と来ていた。

最初のメッセージを見たときは「どうした風の吹き回しだ」と訝《いぶか》しく思っただけだったが、神林のことで、と添えられているのを見てどきっとした。何かあったのか。

エレベーターでエントランスまで下り、藤野は観葉植物で間仕切《まじき》りされた待合スペースで慌ただしく御堂に通話をかけた。数回のコールで御堂が応答した。

『藤野君？』

「うん。今メール見た。神林のことって、なんかあった？」

早口になった藤野の勢いに、御堂は口ごもった。

『話がしたいんだけど、今日、会えないかな』

「は？　俺と？」

『無理かな』

驚いたが、御堂の様子から神林に突発的なアクシデントがあったとかではなさそうだ、と藤野はひとまず安心した。同時に御堂のしょんぼりした声に、なにがあったんだ、という別の関心が湧《わ》く。

「俺、これから友達と飲みに行くんだけど、よかったらまざる？」

ゲイ仲間だけど、と言う前に御堂が『まざる』と即答した。

『どこ行けばいい？』

「御堂君、今どこ？」

まだ一回しか会ったことのない相手が友達と飲みに行くのに、即答で「まざる」と決断する御堂に、藤野はちょっと驚いた。よほど話したいことがあるのだろうが、もともと御堂はあまり空気を読む性質ではなく、人見知りもしないタイプなのだろう。

考えてみれば、いくら神林が「友達の友達は友達でいーだろ」という方針でも、高校時代の部活仲間が地方から戻って来るから歓迎会をする、と聞いたら普通は部外者は遠慮する。しかし御堂は平気で突っ込んできた。この前も思ったが、少し手触りの変わった男だ。

「場所わかんなかったら、また電話して」

御堂自身にも少し興味が湧き、藤野は地図アプリに店の位置をピン止めして送信した。すぐに了解、と返ってきた。

ゲイバーだって言うの忘れたな、と思ったが、面倒だったのでまあいいか、と藤野はモバイルをポケットに落としてエントランスを出た。

高校を卒業するのを機に、藤野は神林のことを吹っ切ろうと決めて、大学に入ると同時にゲイバーというところに足を向けた。

高校時代は部活に打ち込んでいたが、ネットを通じて知り合った同世代のゲイはいたから、初めのうちは彼らにいろいろ教わった。危ないスポットは避け、よくわからないイベントには誘われても行かない、という安全講習をきちんと守ったおかげで、藤野はたいしたトラブルにも見舞われずにひととおりのことを経験することができた。大学を卒業するころにはすっかり界隈《かいわい》にも顔がきくようになって、自分の縄張りのようなものもできている。

その中でも「JACK」は藤野のホームと言える店だ。

カウンターにボックス席が四卓ほどのこぢんまりとした店で、四十代の渋いマスターと彼のパートナーが切り盛りしている。ショーやイベントなどはないが、常に明朗《めいろう》会計で、「うちは地味だけど安心安全な憩《いこ》いの場っていう方向性なの」というのがマスターの弁だ。客筋がよく、いつ行っても気持ちよく飲めるので、藤野は憂《う》さを晴らしたいときには必ずここと決めていた。変な店で愚痴《ぐち》をこぼすと、下心のある男につけこまれる。

地方に転勤になってからも帰省のたびに顔を出していたので、その日も店のドアを開けると、普通に常連たちに「久しぶり」と迎えられた。

「あれっ、そちらは?」

ただし、今日は連れがいる。

御堂は藤野の後ろでわかりやすく緊張していた。地図を送ったものの、路面店で看板を出しているわけでもない小さなバーに直接来るのは難しいだろうと思い、藤野は店に向かう途中で合流しようとメッセージを送った。

駅で会った御堂は、ゲイバーだと聞いて明らかに尻込みしていた。が、自分から藤野の予定に割り込んだというのもあってか、大人しくついてきた。スーツの藤野に対し、御堂は今日もきれい目のカジュアルだった。ダンガリーシャツに細身のコットンパンツで、足元は黒のスニーカーだ。ビジネスユースのかっちりしたタイプのリュックを、今は手提《てさ》げのようにして持っている。

「神林の大学の部活仲間で、御堂君」

常連が顔を揃えている一番端のボックス席について、藤野は軽く御堂を紹介した。藤野が高校時代の親友に片想いしているというのは常連はみな知っている。

「神林、ここに来たことがあるのか?」

みんなが「神林」を認識していることに驚いて、御堂が小声で訊いてきた。

「まさか」

藤野は苦笑して首を振った。

「俺が神林ってやつに片想いしてしんどいって話、みんなに聞いてもらってただけ」

「スイはずっと神林君一筋だったからねえ」

一番長いつき合いの男が、しみじみとした声を出す。

「そうそう、すんごいカッコいい美大生君とか、渋い広告代理店のおじさまとか、僕なら二つ返事なのに、軒並みフッちゃったもんねー」

「あの広告代理店の彼はもったいなかった」

「俺は去年スイが口説《くど》かれてたスポーツライターの人、いいなあと思ってたよ」

多少モテを盛っているが、つき合おうと口説かれても断り続けているのはその通りだ。御堂は神妙に聞いている。

「ところで御堂クン、何飲む?」

男の一人がぴたりと御堂の横に貼りついた。御堂がん? と顔を上げる。

「あ、俺ボトル入れてるから、よかったら」

「お腹空いてない？　ここ、フードも充実してるんだよ」

他の常連たちも口々に話しかける。その甘ったるい空気に、御堂はたじろいだ様子で助けを求めるように藤野のほうを見た。

「あのさ、御堂君も神林のことが好きなんだよね」

面倒だったので、藤野は手っ取り早く全員の希望の芽を刈り取った。虫よけスプレーを噴射《ふんしゃ》されたかのように、群がりかけていた男たちは「え…」と一斉にテンションを下げた。

「そうなの？」

「はい」

思った通り、御堂は迷いなくうなずいた。

「そういうわけで、仲良く飲もう」

一瞬白けた空気が漂《ただよ》ったが、藤野が明るく宣言すると、みな気を取り直したように「そっかー」と声を揃えた。

「まあまあ、こんなかっこいいニューフェース、取り合いになっても殺伐《さつばつ》とするだけだしね」

「確かに、確かに」

「眺めてるだけのほうが平和でいい」

「相手が神林クンなら、なおさら平和だし」

「そうそう」

神林がノンケで、しかもかなりの朴念仁《ぼくねんじん》なのは、長年の藤野の愚痴で全員知っている。

「ちなみに、御堂クンってどっち？」

常連の一人が、全員を代表して切り込んだ。実は藤野も内心「どっちだろ」と思っていたのでつい御堂の返事を待ち構えた。

「どっち、とは？」

御堂が首を傾《かし》げた。は？　と全員が眉を寄せる。なにその感じの悪い躱《かわ》しかた、と思いかけたが、どうも本当に意味がわかっていない様子だ。

「タチかネコかって聞いてるんだけど」

まさかその隠語すら知らないというのでは、と危惧《きぐ》したが、さすがにそれはなく、御堂は顔を赤らめた。

「そんな個人的なこと、言えません」

きっぱり拒否する口調には非難の響きがあって、また全員鼻白《はなじろ》んだ。

「御堂君、ちょっと」

せっかくの週末を白けさせるのも申し訳なくて、藤野は空気を読まない男をカウンター席に誘導した。

「話あるんだろ？　こっちで飲もう」

みんなには目で謝ると、全員が苦笑してうなずいた。

「何にしましょう」

やりとりを聞いていたらしいマスターが、おしぼりを差し出しながらやわらかく御堂にたずねた。場違いな男前は気を使われていることにすら気づいていない。

「ビールをお願いします」

「俺はハイボールで、腹減ってるからパスタかなんか、適当にお願い」

さて、と藤野は御堂のほうを見やった。

「話って、なに？」

御堂は視線をカウンターに落とした。高い鼻の形がきれいで、横顔もいいなあ、とつい見惚《みと》れる。

「今日、俺、自転車のメンテナンスに神林の店に行った」

御堂が唐突に話しだした。おしぼりを意味なく弄《いじ》っていて、声のトーンは暗い。

「藤野君は、神林の店行ったことある？」

「うん、一回だけだけど」

神林が店長を任されることになったと聞いてすぐ、他の友人たちと一緒に押しかけた。初々《ういうい》しい店長ぶりを冷やかして、藤野はちゃっかりユニフォーム姿の神林とツーショットも撮った。が、自転車に興味があるわけではないので、仕事の邪魔になってはいけない、と店に行ったのはそれ一回だけだ。

「俺は自転車のメンテナンスによく行ってる。もちろんそんなの口実だけど、店の暇な時間選んでるし、神林も俺が仕事の息抜きに顔出すんだろくらいに思ってると思う。それで、今日も行ったんだけど」

御堂がおしぼりをぎゅっと握った。

「今まで、神林の店にいるスタッフは、契約社員の男と、バイトが二人だった。今日は、女の子がいた。新しいバイトの子」

「女の子……?」

やっと御堂の話の方向性が見えてきた。藤野は思わず御堂のほうを向いた。

「神林があんなに自然に女の子と話をするの、俺、初めて見た。まだ最近来てもらうようになったばっかりだって言ってたのに…」

神林が、自然に女の子と接していた? 今ではすっかり「身内」になった陸部女子にも、昔は敬語で返事をしたりしていたのに?

「ど、どんな子?」

「バレー部だったけどもう引退したって言ってた。背が高くてきびきびしてて、すごく感じのいい子だった。橘《たちばな》女子大が近くにあるから、そこの子かもしれない」

「美人?」

御堂が首を振った。

「でも感じがいいんだ。化粧もネイルもしてないし、ショートカットで髪も色入れてない。笑うと口が大きくて、でも歯並びがきれいで、俺、神林はその子とつき合う気がする」

御堂の最後の発言に、藤野は息を呑んだ。

「まさか」

「藤野君も見ればわかると思う」

「……」

「お待たせしました」

マスターがタイミングよくビールとハイボールを出してきた。

「と、とりあえず、飲もう」

動揺を抑えようと、藤野はハイボールに口をつけた。御堂も力なくグラスを手にする。

「けどその子、彼氏いないのかな…?」

ふと呟いて、藤野は今度は自分の発言に希望を感じた。

「そうだよ、彼氏がいるかもしれないじゃん」

「いるかもしれないけど、いないかもしれない。……いない気がする。なんとなくだけど、たぶんいないと思う」

御堂が目を宙にやってさまざま考えたあげく、結論を出した。

「そして、俺はふたりが距離を縮《ちぢ》めていく予感しかしない」

さらに最終結論を出し、御堂はまた重いため息をついた。

「この前、神林に彼女ができたら諦めもつくよなって話したけど、俺はやっぱり無理かもしれない」

「だっ、だけどそんなの、御堂君のただの憶測《おくそく》じゃん」

「じゃあ今度、藤野君も一緒に神林の店に行こう」

その目で確かめろ、と言われて藤野は内心たじろいだ。

いっそのこと彼女作ってトドメ刺してくれ、と思っていたはずなのに、実際に神林に彼女ができるかもしれない、と聞いただけで胸が詰まる。

そして御堂の語る「彼女」に、藤野自身、「その子はビンゴかも」という予感がしていた。

重い空気を救うように、お待たせしました、と藤野の頼んだパスタの大皿が出てきた。

「とりあえず、食おう」

藤野は気を取り直して御堂のぶんも小皿に取り分けた。

「…旨《うま》い」

気のない様子でパスタを口にした御堂が、驚いたように声を上げた。

「だろ?」

フィットチーネがもちもちしていて、アンチョビの塩気とたっぷりのキャベツの甘味が絶妙だ。空腹を身体が思い出し、藤野もしばらく食べることに専念した。野菜スティックに添えられているマヨネーズもマスターの秘伝レシピで手作りだ。舌と腹が満足すると、徐々に気持ちも落ち着いてきた。

「行くよ、神林の店」

ハイボールのお代わりを頼み、藤野は同じように少し気を取り直している様子の御堂に言った。

「俺も、その子見てみたい」

「いつにする？」

御堂がせっかちにポケットからスマホを出してきた。

「これ、藤野君のアカウントと連動させてもいいかな」

御堂が言い終わらないうちに、藤野のスマホが振動した。

「それに許可出してくれる？」

画面に見たことのないアプリが現れて、英語でずらずらとなにか注意書きがされている。一番下にOK？　と認証サインがあって、タップすると表示が切り替わった。御堂のスマホと同じカレンダーが藤野のほうにも表示された。

「俺のスケジュール、青のとこは動けるから、藤野君の都合のいい日とこれですり合わせしよう」

「へー、こんなのあるんだ。便利」

試しにタップしてみると、第一希望、第二希望、と順番に表記されていき、それが相手にも通知される。午前・午後・夕方以降とざっくりしたスケジュールが合えば、枠外《わく》にチャットが現れて時間と場所を指定できる仕組みのようだ。ＩＴ関連の仕事をしていると聞いた気がするが、さすがに合理的だ。

「御堂君、こんなに休み多いん？」

カレンダーの青表示の多さに藤野は驚いた。

「いや、休みじゃない。そのへんはリモートワークだから融通利《ゆうずうき》くんだ」

「リモートワークって出社しなくていいやつ？　いーなあ」

「藤野君はメーカーだったっけ」

「そう。うちはリモートワークどころか有給申請もひと月前に打診《だしん》しないと取れないよ」

「大きい会社はめんどくさいよな。クライアントが上場企業だと、俺は正直テンション下がる」

御堂は少しダメージから立ち直った様子で、そんな雑談をしながら自分も飲みもののお代わりを頼んだ。

「神林って、本当にいいよな」

御堂がふと想いのこもった声で呟いた。

「俺、神林の性格も見た目もぜんぶ好きだけど、無人島に流れ着いても逞《たくま》しくサバイバルして、案外楽しく無人島ライフ満喫しそうなとこにいちばん憧《あこが》れてる」

「なにそれ」

御堂の唐突な述懐《じゅっかい》に、思わず笑った。

「でも、確かに神林ってそんな感じだよなー。あいつインフルエンザで学級閉鎖になってもひとりピンピンしてたし、購買部のパンが傷《いた》んでて大騒ぎになったときもあいつだけ完食してなんともなかったし」

「そんなことあったのか」

「その手の話ならいくらでもある。やつは何度死んでも蘇《よみがえ》る不死鳥だって言われてたけど、そもそも死なない」

御堂が声を出して笑った。意外に快活なその表情に、藤野は自然に惹《ひ》きつけられた。

「確かに。なんであんなに体力あるんだろう」

「なあ。しかもみんながくたばってんの見て、いつもきょとんとしてんのな」

「してるしてる」

御堂が嬉しそうにうなずいた。

「俺、神林のそういうところがすごい好きだ」

「いいよな…！」

「いい」

「藤野君は好きになったきっかけとかある？　俺は初合宿のときに持ち回りで運ぶ米袋をさりげなく『俺が積んでくから貸せよ』って持ってくれたとき。それで俺が落車したら助けてくれて、気にすんな、ゆっくり行こうぜって励《はげ》ましてくれて…」

「あー」

目に見えるようだ。

「俺はあいつが四百の試合で最後死にそうな顔でゴールすんの見たときかな…カッコいいとかじゃなくて、むしろすごすぎてみんなゲラゲラ笑っちゃったんだけど、笑ったあと、なんか全員で感動して涙ぐんじゃってさー…」

その当時、部内は人間関係がうまくいっておらず、入部したばかりの藤野たちは戸惑うことが多かった。それをぶっ飛ばしたのが神林のそのレースだった。

「俺、あいつのちょっとナイーブなとこも好きなんだ」

うまく立ち回ったり、人間関係を調整したりは不得手《ふえて》ながら、神林は争い事が起こると黙って胸を痛めるところがある。ものすごい形相《ぎょうそう》でゴールした神林に、対立していた先輩たちも毒気《どくけ》を抜かれたようになって、以後はもめることもなくなった。あのときから「すごいやつだな」と神林を意識し始めた。

「女子は神林のことゴツイって言うけど、あの頬骨出てる顔も俺は好きだな」

「俺もだ！」

御堂が意気込んでうなずいた。

「無骨な感じがいい。喉仏《のどぼとけ》が出てるのも男っぽくてぐっとくる」

「わかるわかる」

ゲイ仲間にもさんざん神林の素晴らしさを語ってきたが、こんなふうに実際の神林を知っている相手と称《たた》え合うのは満足感が段違いだった。筋張った手のエロさから、汗をぬぐうときの癖まで観察点がまったく同じで笑ってしまった。

「俺ら、男の好みがめちゃくちゃ合うな。あ、高校のときの神林の写真、見る？」

スマホを出すと、御堂が目を輝かせた。

「それじゃ俺も自転車合宿のときの写真見せるよ」

さらにスマホを出して神林の写真を披露《ひろう》し合った。

「やばい、かっこいい……！」

「藤野君、その写真送って」

「交換しようぜ」

御堂の神林コレクションはなかなかのもので、特にテントの中で眠っているセクシーショットを送ってもらって、藤野は激しくテンションが上がった。無防備に眠っている顔が罪深い。

「あー、これやばい。襲いたい……」

いつの間にかかなり飲んでいて、酔いも回って藤野はつい本能のまま呟いた。

「そんで、逆に押し倒されたい」

ちょっと強引にされるのが藤野の好みで、神林に無理やりエッチなことを仕掛けられて、抵抗を試《こころ》みるも力ではかなわず……、などというあり得ないシチュエーションを何度妄想したかわからない。

「御堂君は？　やっぱり押し倒されたいほう？」

藤野の妄想劇場を興味深げに聞いてくれた御堂にもついでに話を振った。

「いや、俺は押し倒したいほうだな」

御堂は妙にきっぱりとした口調で答えた。ネコかタチかと訊かれたときは「そんな個人的なことには答えられません」などと言っていたくせに、藤野が先に自己開示したからか、「俺の妄想では、神林はしょうがねえな、って笑って好きにさせてくれるんだ」と言い、細かい妄想まで語りだした。御堂は暑い夏の昼下がりに神林のアパートで汗だくになってやるのがお好みらしい。生真面目《きまじめ》な語り口で「汗で下着がくっついてるといいと思う」など細かなリアリティまでつけ加えた。

「ほおー…。けど、押し倒したいってほうだったら大変だったな。俺の場合はされたいほうだから絶対ないって割り切れたけど、押し倒したいほうだったら合宿とか、むらむらくるのを抑えるのしんどかっただろ？」

「無理やりってことか？　ありえない」

御堂が眉をひそめ、若干《じゃっかん》藤野から身体を引いた。

「そもそも俺は遊びとかもわからない。そういう…、身体的接触は、愛があってこそだと思う」

急にそっけなくなった御堂にムッとしつつ、藤野は「身体的接触」「愛があってこそ」などという言葉をチョイスする御堂に、やっぱりこいつはちょっと変わってんな、と面白く思った。

「ってことは御堂君は童貞なんだな？」

「俺はずっと神林一筋だから」

からかい半分につついた藤野に、御堂は当然だ、と言わんばかりにうなずいた。

「なんで笑う」

へー、とつい半笑いになった藤野に、御堂が険《けん》のある声を出した。

「あーいやいや。すごいなー、純粋だなーと思っただけ」

「俺の勝手だ」

「そりゃ御堂君の勝手だけど、でもそんなら俺のこともそんな軽蔑《けいべつ》した目で見ることなくない？　片想いで疲れた気持ちを、他の男との身体的接触でどうにかするのも俺の勝手だ」

御堂は少し何事か考えていたが、「確かにそうだな」と首肯《しゅこう》した。藤野は笑いをかみ殺した。こういう男なのだとわかっていれば、最初に思っていたよりずっとつき合いやすい相手かもしれない。

そのあとも終電間際まで神林を称え合って盛り上がり、御堂がそろそろ帰るというので藤野も腰を上げた。自分でも意外だったが、御堂と別れるのが名残惜《なごりお》しかった。

「今日は、ありがとう」

店の入っているビルから出ると、御堂が足を止めて妙に丁寧にお礼を言った。

「藤野君が話を聞いてくれたおかげで、あんまり落ち込まなくて済んだ」

それを聞くまで、神林に彼女ができるかもしれない、ということを藤野は忘れかけていた。

「あ、いや」

そうだった、と思い出し、忘れかけていたことにびっくりした。実際に彼女と神林の様子を見ているわけではないので、いまひとつ実感が湧いていないからだろう。

「でもさ、もし御堂君の言うとおりだったら確かにショックだけど、しゃあねえよ。俺たちがどんだけ神林のこと好きでも、あいつはストレートなんだし、天地がひっくり返っても俺たちにチャンスが巡って来るわけでもないじゃん？　この前も言ったけど、いっそのこと神林に彼女でもできれば諦めつくし」

「――俺は一生、一人なのかもしれない」

御堂が唐突に言った。

「一生、キスすらしないで終わるのかも」

「は？　なんでよ。神林のこと吹っ切れたら、好きな男つくりゃいーじゃん」

「神林以上の男がいるだろうか」

御堂の声が暗くなった。

「そりゃ、…」

きっといるよ、と言い切れず、藤野は口ごもった。

「俺はいないと思う」

御堂がやるせない表情でうつむいた。

並びはどこも飲食店の入った雑居ビルで、通りかかるのは酔っ払いばかりだ。放置自転車の脇で、御堂とふたり、しばらく無言で突っ立っていた。

さっきまで写真を交換してはしゃいでいたのがかえって痛かった。

ずっと好きだった神林。

男気があり、体力と精神力が人並み外れて強く、でも繊細《せんさい》な部分もある神林。

藤野、と呼んで大きな口で笑う神林がずっとずっと大好きだった。

「そりゃ神林みたいな男はいないかもしれないけど、別に好きな男できるかもしんないじゃん」

「そうだろうか」

「リンゴが一番好きだとしても、ミカンだって好きになれるだろ？　リンゴが売り切れたらミカンでいーじゃん」

「そんなのミカンに失礼だ。それに俺はリンゴが売り切れたからってリンゴのことを忘れられない」

「いやいや、忘れろってんじゃなくて、ミカンだって悪くねーだろって話だ」

「ミカンが悪いなんて言ってない。ただ俺はリンゴ以外は食べる気になれない。だから俺は一生誰ともキスすら…」

「もう、ごちゃごちゃうるせーよ！」

ぐずぐず同じことを繰り返す男に面倒くせえ、と思いつつ共感してしまう自分にもイラついて、藤野はぐいっと御堂の肩をつかんで引き寄せた。

「え？　あ、——」

さして酔っているとは思っていなかったが、御堂の唇に唇を押しつけたのは、多少アルコールのせいもあった。引き寄せた御堂の身体は想像以上にしっかりしていた。

「ほら、嘆《なげ》かなくてもキスは経験できたぞ」

ただ唇を一瞬くっつけただけで、藤野にとってはキスとすら呼べないような接触だったが、御堂は完全に固まっていた。

「な、な……」

藤野からばっと離れて、御堂は口を押さえた。

「なにするんだっ」

「なんだよ、おおげさだな」

それでもファーストキスを奪っちゃったのか、と思いついて、藤野は内心ちょっと慌てた。

深く考えずに行動してしまうのは自分の悪い癖だ。

「ごめん、今のナシ。ってやっちゃったもんは取り返せないか。御堂君のファーストキス奪っちゃってごめん」

御堂は、む、と変な声を洩らして口から手を離した。ファーストキスと言われたのが恥ずかしかったらしく、顎《あご》を反《そ》らして歩き出した。

「でもさ、ちょっと口くっつけたくらい、キスってカウントしないよ。たぶん小《ち》っちゃいときにおかーさんとか親戚のおねーちゃんとかにもされてるよ。舌入れてないからセーフだって」

「よくそんなことが言えるな」

御堂が呆れたように言った。

「いやいや、ほんとだって。舌入れてないもん。セーフセーフ」

呆れついでに怒りのボルテージも下がったらしく、御堂の口元が緩《ゆる》んだ。

「それに、びっくりしたついでにちょっとは気が晴れただろ?」

「……。まあ、確かに」

真面目に考えて、そうかも、とうなずいている。やっぱり面白い男だ。藤野は笑いをかみ殺した。ついでに愛のない身体的接触などあり得ない、と言い切っていた男に「少しは俺の気持ちがわかっただろ?」と言いたくなったが、さすがにそれはやめておいた。

最初はまったく合わないタイプだと思っていたが、今はもっとこの男のことを知りたくなっている。

「じゃあ俺、あっちだから」

来た時に待ち合わせをした駅前の大きな横断歩道の前まできて御堂が足を止めた。

「うん。それじゃ」

そのまますぐ駐輪場のある方向に歩き出すと思ったのに、御堂はなぜか佇《たたず》んで藤野を見ている。見送るつもりでいたから戸惑った。

「どしたの？」

「藤野君も」

「うん？」

どうやら御堂のほうも藤野を見送るつもりでいたようだ。まるでつき合い出してすぐのカップルが別れがたくてぐずぐずしているような状況に、藤野はおかしくなった。御堂も妙な顔をしている。

「…じゃあ、また」

変な間を断ち切るように、御堂が歩き出した。また、と言ってくれたことがなんとなく嬉しかった。

リュックを背負った姿勢のいい御堂の背中を見送りながら、あいつはまだまだ童貞街道を歩いていくのだろうか、と藤野はそんなよけいなお世話を考えた。

辛いときには誰かの体温が必要だ。愛の伴《ともな》うセックスはしたことがないが、ただの慰《なぐさ》めでも充分じゃないかと思う。

ひととき安らいで、また明日から頑張ろう、と思えるのなら悪いことじゃない。

安全に遊べる店が、近くにいくつかある。

「……ま、今日のところはやめとくか」

行こうかどうしようかと少し考えて、藤野は結局帰ることにした。

強引にキスしたときの御堂の唇の感触を思い出したら、今日のところはそれで充分やり過ごせそうだった。

5

「御堂《みどう》君」

聞き覚えのある声にモバイルから顔を上げると、改札を出てきた藤野《ふじの》が片手を上げていた。

土曜日の遅い午後、御堂はクロスバイクを止めて神林《かんばやし》の店の最寄り駅で藤野を待っているところだった。

「ごめんな、待ったか？」

「いや」

私服の藤野を見るのは初めてだ。スーツのときもアパレル勤めのような小洒落《こじゃれ》た雰囲気だったが、私服だと華やかさがぜんぜん違う。

「なに？」

「いや、藤野君の私服、初めて見たから」

ベビーピンクのシャツを普通に着て似合う男を、御堂は初めて見た。麻素材なのと、くしゃっと袖口《そでぐち》を折った着こなしがいかにもこなれた感じだ。くるぶしのところまでロールアップしたホワイトデニムも、スポーツブランドのスニーカーも、普通のアイテムなのに妙に目を引く。今日は髪も自然にかきあげたスタイルで、それがさらに藤野を甘い雰囲気にしていた。

「見惚《みと》れちゃったって感じ？」

「うん」

その通りだったのでうなずくと、藤野は一瞬目を丸くして、それから小さく噴き出した。

「そらサンキュー。御堂君もカッコいいよ」

御堂も今日は仕事がないので、ジョガーパンツにタウンユースのジャージという自転車仕様の格好で、首にはアイウェアを引っ掛けていた。

神林の店に行ってみようと約束をしてから二週間が経《た》っていた。

その間、藤野とは毎日やりとりをしていて、会うのはまだこれが三回目だが、御堂はすっかり昔から知っている相手のような気分でいた。こんな短期間に誰かと親しくなったのは、御堂には初めての経験だ。

最初は単に神林の店に行く予定の擦《す》り合《あ》わせをしていただけだったのに、藤野はコミュニケーション能力が高く、なんとなくメッセージの応酬《おうしゅう》をするようになり、そのうち「古い携帯にこんなの残ってた」と神林の写真を送ってくれたりもするようになった。それなら、と御堂も自分のパソコンに保存しておいた秘蔵の画像を送ってやった。「すげー、カッコいい！」とか「この神林、たまらんな！」とかいう藤野の反応に満足し、また「素晴らしい神林」について意見交換し合って盛り上がった。毎日なにかしらやりとりしているうちに神林以外のことにも話が広がり、藤野がふと洩らした上司の愚痴《ぐち》に「大企業の管理職によくいるタイプだ」と想像がついたので、自分の経験を引き合いに対処法をアドバイスしたら、意外なほど感謝された。

「御堂君に仕事の愚痴言ってもスルーされると思ってた」

そう言われてみると、確かに他の人間だったら、よけいなお世話になるかもしれないアドバイスなどしなかったと思う。それだけ藤野に近しいものを感じているのだ。

誰にも打ち明けたことのない秘密を共有している相手、そして——初めてキスをした相手、というのがじわじわと心のどこかを侵食《しんしょく》している。あんなのキスに入らない、と藤野は言ったし、御堂も頭ではわかっている。ほんの一瞬の、ぶつかった程度の接触だ。でも毎晩藤野とやりとりしていると、つい思い返してしまう。

「じゃ、行こうか」

立てかけてあったクロスバイクを起こし、御堂は藤野と並んで歩きだした。

神林には、藤野と偶然会って話をしているうちに、藤野が自転車に興味を持ったので一緒におまえの店に行くことになった、と連絡しておいた。ついでに神林の仕事が終わるのを待って、夜はみんなで飯でも食おう、という段取りだ。

「日が長くなったなあ」

五月に入ったところだが、今日は一日天気がよくて、夕方になってもまだ日差しが強い。藤野が胸ポケットにさしていたサングラスをかけた。グラデーションのかかった淡いブラウンが藤野によく似合う。

「その子、名前なんだっけ」

「埜中《のなか》さん。今日、シフト入っているのは確認しといた」

言いながら、御堂はちらっと藤野を横目で見た。サングラスをかけているので、ことさらその桜色の唇に目がいく。

やはり年相応の経験がない、というのはあまりよくないのかもしれない。だからあれくらいのことで動揺するし、後を引くのだ。

「いらっしゃいませ」

週末の午後で、店はいつになく賑《にぎ》わっていた。学生らしい数人が店頭のロードバイクを囲んであれこれ検討しており、奥のフィッティングマシンではチームウェアの男がペダリングを確かめている。若いカップルや競技用のジャージを着た男などもいて、スタッフが対応に追われていた。ざっと見渡したが神林の姿はない。藤野が「忙しそうだな」とつぶやいた。

「出直したほうがいいかも」

「なにかお探しでしょうか?」

いったんどこかで時間をつぶしてから戻ろうか、と相談していると、背の高い女性スタッフに声をかけられた。埜中だ。その背の高さで気づいたらしく、隣の藤野がはっとして目で訊いてきた。小さくうなずく。

「あ、先日いらしてくださいましたよね」

埜中も御堂を認識して、すぐきれいな歯を見せて笑った。

「店長は今接客中なので、少しお待ちいただけますか? お急ぎでしたら呼んでまいりますが」

「いや、いいいよ」

藤野が横から口を出した。

「ノナカさん、でいいのかな?」

藤野が胸についているスタッフネームに目をやった。

「変わった字だね」

「はい、よく言われます」

「下の名前って訊いちゃだめ?」

「アキコです」

藤野が微妙に馴《な》れ馴れしい口調になったが、埜中はまったく気にせず、元気よく名前を教えた。藤野が「アキちゃんか」とさらに優しい声で確認した。

「明るい子って字？」

「はい」

「ぴったりだね」

「ありがとうございます」

藤野がことさら意味ありげなまなざしを送っているのに、埜中はひたすらはきはきと返事をする。牽制《けんせい》しているとか、スルーしているとかでもなく、本当に「お客様に失礼にならないように」としか考えていないのが見てとれて、御堂はなぜ女嫌いの自分が埜中には好感を抱《いだ》いたのか、その理由がやっとわかった。彼女は異性を異性として見ないのだ。

「土曜っていつもこんな忙しいの？」

藤野がまた埜中に話しかけた。

「そうですね、今日は特にたくさんご来店いただいてます」

「じゃあもうちょっとしてから出直してくるよ」

「あっ、でもちょっと待っててください」

埜中が背伸びをして奥のほうを見た。つられてそっちを見ると、神林がチームウェアの男数人と奥から出てくるところだった。

「店長！」

埜中が神林のそばに駆け寄った。

「確かに感じのいい子だな」

埜中が離れていく後ろ姿に、藤野がテスト合格、というようにつぶやいた。神林は埜中と一言二言言葉を交わし、こっちを見てにかっと笑った。

「神林だ」

「うん、神林だ」

神林の姿を見ると、自動的にテンションが上がる。藤野も嬉しそうに声を弾《はず》ませた。

「髪切ったんだな。短いの、いいな」

「この前床屋行ったたって言ってた」

「やっぱ神林はあのくらい短いのがいい」

「そしてあの腕」

「神林、いっつもああやって腕まくるんだよなー」

Tシャツの袖を肩までまくりあげるのが神林の癖だ。

「逞《たくま》しい上腕《じょうわん》二《に》頭筋《とうきん》が惜しげもなくさらされる…目の毒だな…エロい」

いつも思っていることを口にすると、藤野が急にぶはっと笑った。

「御堂君ってたまにびっくりするようなこと言うよね」

「上腕二頭筋のなにがびっくりするんだ」

「いや、御堂君上品だから、エロい目で見てるのがなんか意外っていうか。この前の妄想話も面白かった」

「藤野君に言われたくない」

ムッとして言い返しながら、御堂は少し不思議な気分になった。この前は埜中と神林が言葉を交わしているのを見て胸苦しくなったが、今はそうでもない。むしろこうして藤野と神林のまくった袖と腕を鑑賞することに変な満足感を覚えている。

「……そんで、確かにあの二人、自然だな」

ややして、藤野がぼそりとつぶやいた。御堂はちらりと横の藤野を盗み見た。

「なに」

思いがけず藤野もこっちを横目で見ていて、視線が合った。

「いや、御堂君がショック受けてるんじゃないかと思って」

「藤野君こそ」

「お待たせして、すみません」

話していると、埜中が小走りで戻って来た。

「店長、やっぱりもうちょっとかかりそうなので、よければその間に試乗なさっててくださいとのことです。御堂さんがお詳しいので、調整は任せると言ってますが、いいでしょうか」

埜中が申し訳なさそうに言いながら試乗用のロードバイクが並んだコーナーに案内してくれた。

「へー、こんなにあるんだ」

藤野がさっそくスペインブランドの一台を引きだした。

「それはどっちかっていうとレース用だから、こっちのほうがいいと思うけど」

「そーなん？　じゃあそれにしよ」

本当はさして興味のない藤野は、御堂が選んだロードバイクに決め、貸出手続きを始めた。

「御堂君の言ってたとおりだな」

試乗用の自転車を押して店の外に出ると、藤野がふっと息をついた。

「俺も、あの二人はそのうちつき合いそうな気がする」

藤野の声はいつもと変わらない。でも内心では落ち込んでるんじゃないかとまた横目で藤野を見た。今度は藤野はこっちを見ていなかった。なんとなく、落胆した。

「ま、それはそれとして、乗ってみよ」

公園の敷地に入ると、藤野は気を取り直すようにヘルメットをかぶった。借りたのは安定性のいいクロスバイクで、フラットペダルなので、ハンドル位置に慣れれば普通の自転車とさほど変わらない。

「おっ」

漕《こ》ぎだして藤野が驚きの声を上げた。

「すげー、気持ちいい！」

「一周しよう」

ゆったりと広いサイクリングレーンを藤野に合わせてのんびり走った。

「ひゃー、いい感じ。すげーね。これで遠出するの楽しいだろうな」

空元気《から》だろうが、藤野がはしゃいだ声をあげた。日が落ちかけて、風が少し冷たいのも気持ちがいい。レーンには長い影ができている。風を切って走っている藤野は楽しそうだ。

「マジで自転車欲しくなってきた」

結局二周して、ベンチで休憩した。

「これ、値段どのくらいすんのかな」

自販機で買った缶コーヒーのプルトップを開けながら藤野が訊いた。

「このモデルなら十五万くらいかな」

「へー…高いような安いような」

「コスパはいいよ。ペダルを固定するやつにしたら、もっと走るの楽しいと思う」

ピンディングペダルの説明をすると、藤野は興味を持った顔になった。

「よければ今度俺の貸そうか。うちにロードバイク二台ある。シューズもサイズが合えば貸すよ」

「いいの？　じゃあ、あとで神林の休み訊こうよ」

藤野にそう言われて、御堂は自分が藤野と二人だけでツーリングするつもりでいたことに気づいて、ちょっと驚いた。

「そうだな」

意味もなく動揺して、御堂は腕時計に目をやった。

「そろそろ戻るか」

「ちょっと待って、これ飲んじゃうから」

藤野がベンチの上で足を抱えるようにした。

藤野は動きがしなやかだ。急にそんなことにも気がついた。缶コーヒーに口をつけている横顔は、密集した睫毛《まつげ》が重そうだ。細い鼻梁《びりょう》にほんの少しまくれた唇。濡れて、しっとりと肉厚で、…噛んだら甘い汁がにじんできそうだ。

「でもさ、あの子、バイトなんだよな？」

藤野の唇に熟した果物を連想していた御堂は、急に話しかけられてはっと我に返った。

「うん、バイトだって言ってた」

「いつまでバイトするつもりなのかわかんないけど、あの子と神林じゃ進展するのにめちゃ時間かかりそうだよな。なんもないうちにバイトやめちゃう可能性もあるか」

藤野の口調には、うまくいかないことを祈るのではなく「いっそのこと彼女つくって諦めさせてくれ」という気持ちがにじんでいた。

俺もたいがい長いけど、藤野君はさらに三年も長く神林に片想いをしてるんだもんな…、と御堂は今さらそんなことを考えて藤野に同情した。

「なー、応援しよっか」

藤野が吹っ切るように言った。

「やきもきするのもしんどいし、どうせ俺らがこの先神林とどうこうなれる可能性なんか一ミリもねえんだから、あの子好感持ててるし、神林とさっさとつき合ってくれたほうが精神衛生にいいや」

実は御堂も同じことを考えていた。

「今日、メシ行くのに埜中さんも誘ってみようぜ」

無理にくっつけようとするのはちょっと違うし、第一あのふたりでは逆効果になりかねない。あくまでもソフトなきっかけ作りという方向性でいこう、と相談して、店に戻った。

神林は「埜中さんも誘おうよ」と提案されて驚いていたが、「いつも頑張ってくれてるし」と珍しくすんなり声をかけていた。神林が女の子に対してこんな積極性を見せるのは珍しい。

神林自身にはまったく自覚はなさそうだが、これはイケるのでは、と藤野と目配せし合う。

事前に藤野が目星をつけていた近くのカフェレストランは、公園の噴水がライトアップされているのを眺めながら食事ができた。

「わぁ、ここ、初めて来ました」

「アキちゃん、何飲む？　お酒飲めるんだっけ」

きょろきょろしている埜中に、藤野がドリンクリストを手渡した。

「お酒は飲めますけど、こんなおしゃれなのは飲んだことないです…」

埜中がおっかなびっくりリストを眺めた。七分袖《しちぶそで》のシャツにデニムという予想通りの素朴な格好《かっこう》で、アクセサリー類もいっさいつけていない。足元はスニーカーだ。

「店長、わたし浮いてますよね」

オーダーを済ますと、埜中が隣の神林にこそっと話しかけた。店内はすべてラウンド型のテーブル席で、土曜の夜のやや遅い時間ということもあってか、周囲は大人のカップル客が多い。

「せっかくのお洒落《しゃれ》な雰囲気をわたしがだいぶ損《そこ》なってる気がします…」

「へ？」

そんなことはまったく気にしない神林がきょとんとした。

「んなことないでしょ。埜中さん、スタイルいいしモデルみたいだよ」

藤野が笑って言った。実際、飾り気のなさがかえって彼女の長身をいい具合に演出している。

「背だけは確かにモデル並みですけど」

「モデルみたいってのはおまえらみたいのを言うんだよ」

神林が口をはさんだ。

「そうやって並んでると腹が立つほど絵になっとる。しかし藤野と御堂が仲良くなるとは、意外だったなぁ」

「あれ、ご友人じゃなかったんですか?」

埜中が不思議そうに藤野と御堂を見比べた。

「藤野は俺の高校の部活仲間で、御堂は大学のチャリ部の同期。ちょっと前まで、こいつら同士は面識なかったんだよ」

神林が説明した。それなのに藤野には誰にも話したことのない秘密まで打ち明け、奇妙な連帯感を抱いている。改めて不思議な気持ちになった。

「波長《はちょう》が合うのって理屈じゃないだろ? 神林と埜中さんもそうなんじゃない?」

藤野がからかうような口調で言った。ん? と神林と埜中が目を見合わせる。

「雰囲気似てるよ、二人」

「え?」

「そうですか?」

神林のぎょろりとした目が、びっくりしたように埜中を見て、彼女と視線が合ってふと柔らかくなった。

御堂は無意識に息を止めていた。

「似てるかな？」

「似てますかね？」

埜中の目が細くなり、ふんわりと口元がほころぶ。つられたように神林の頬も緩んだ。

二人の間に、今、なにかが起こっている。

「――埜中さんは、家はどのへん？」

藤野が唐突に訊いた。声がこころなしか上ずっている。

「大学の寮なんです」

当人たちはあまり意識していないらしく、埜中は普通に返事をした。電車でほんの二駅先で、せっかくだからそのうち自転車を買ってそれで通おうかと検討中だと話し、神林はそれをにこにこと聞いている。

「俺も楽しそうだから買おうかなって思ってるとこ。そのうちみんなでツーリングしようよ」

「わー、それじゃトレーニングしなくちゃ。部活やめてから体力落ちちゃってるんです」

シェア前提の大皿料理が運ばれてきて、埜中が当たり前のように人数分を取りわけ始めた。その様子には女子っぽさより「部活の後輩」の要素が強い。そして埜中は素晴らしい食べっぷりを披露《ひろう》した。神林が「よく食うなあ」と笑い、埜中は「だって美味《おい》しいですよ」と応じている。いい雰囲気だ。

テーブルがラウンドなので、藤野の表情も目に入る。自然に振る舞っているが、どこか硬い気がした。

「埜中さんは、彼氏っているの？」

「いないですよ」

藤野のなにげなさを装《よそお》った質問に、埜中がおかしそうに答えた。いるわけないじゃないですか、というニュアンスだ。神林が一瞬、箸《はし》を止めた。

「そうなの？　合コンとかは？」

「誘われたら張り切って行くんですけど、盛り上げ要員になって終わっちゃいます」

えへへ、と笑った顔がチャーミングだ。

「神林と同じだな」

「そうなんですか？」

埜中が意外そうに目を見開いた。

「緊張するんだよなー。場違いな気がして」

神林が照れ笑いをする。御堂がずっと好きだった表情だ。

「あっ、わたしもそうです。それで空回っちゃって」

「同じ同じ」

ははは、と笑い合っている二人に、藤野も笑っている。でもやはりどこかぎこちない気がする。御堂は炭酸のグラスに口をつけて藤野の様子を観察した。仲を取りもとう、と言っていた通り、藤野は上手に話を回している。でも内心では動揺しているのではないかと気になって、御堂は藤野のことばかり見ていた。

「あ、もうこんな時間ですね」

最後の大皿も片づけてしまい、埜中が腕時計に目をやった。

「神林、俺たちはここで」

店を出て、藤野がさりげなく言った。

「え？　なんで？」

「御堂君が自転車貸してくれるって言うから、もうちょっと夜のサイクリングしてくる」

な？　と目配せされ、すぐ意図を悟《さと》った。

「この時間だったら公園のサイクリングレーン誰もいないだろうから」

「そうか？」

「うん。埜中さん、またね」

「今日はごちそうさまでした」

じゃあな、と神林は軽く手を上げて、ごく自然に埜中と二人だけで駅のほうに向かって行った。

「――お疲れ」

二人の背中をしばらく見送り、藤野が吹っ切るように息をついた。

「ああ言っちゃったからには、ちょっと公園で時間潰《つぶ》さないとな」

「うん」

二人きりにしてやろうという意図より、ひょっとしたら神林たちがどんどん親密になっていくのを見たくなかったのかもしれない、と御堂は藤野の内心を思いやった。

レストランや外車のショールームの並ぶ歩道を、駅とは逆方向に二人で歩き出した。御堂は藤野の横顔を盗み見た。同じタイミングで藤野もこっちを横目で見て、同時にふっと笑った。それで空気が緩んだ。

「大丈夫か？」

「御堂君こそ」

藤野はホワイトデニムのポケットに両手を入れて、夜空を見上げた。

「なんか、馬鹿みたいだったな。別に俺たちが応援しなくても、あの二人、さっさとまとまりそうじゃん」

まったくその通りだ。アシストしてやらないと、というのは完全に自分たちの思い上がりだった。

「藤野君、飲もうか」

通りかかったスタンドバーの前で御堂は足を止めた。自転車で来た御堂に気遣って、さっきは藤野もずっとソフトドリンクだった。

「けど、御堂君、自転車」

「駅に預ける」

飲みたい気分なんじゃないかと思ったとおり、藤野は「それじゃ」と応じた。

スタンドバーは、入ってみると細長いカウンターが奥まで続き、裏口は公園に繋がっていた。

「今月から外を開放していますので、よかったら」

中で飲み物やフィンガーフードを買って、芝生やベンチで飲食できるらしい。

「まだ肌寒いですから、よければブランケットもお持ちください」

物珍しくて、それぞれ好きなものをオーダーしてトレイを手に外に出た。

「へー、ビアガーデンぽくていいな」

ウッドデッキに簡易テーブルが出ていたが、そこからさらに階段で公園に出られる。並んでベンチに座り、乾杯、と店外用のプラスチックカップを軽く合わせた。つまみを盛った皿もアウトドア用の軽量のもので、味気ないが、夜の空気がそれを補った。

「大丈夫？」

もう一度訊くと、藤野はうん、とうなずいた。

「御堂君は？」

「今のところは」

あとからじわじわ効いてくる予感もあるが、今は藤野のほうが心配だった。

「俺もたいがい長いけど、藤野君はさらに長いもんな」

それだけ長く抱《かか》えてきた想いなら、もう想うこと自体が自分の一部になっているだろう。

しばらく黙って公園の木々の上に浮かぶ小さな月や星を眺めながら飲んだ。ブランケットをシェアしていて、互いの体温が混ざり合う。温かい。

「御堂君がいて、よかった」

藤野がぽつりと言った。

「うん。俺も」

一人ではとてもこんなふうに受け止められなかった。

じっと見ているとどんどん星が増えていくのが不思議だ。最初はほんの少ししかなかったはずなのに、空に星が増えていく。藤野のことも、こんなに短期間なのにいつの間にかいろんなことを知っている。

「きれいだなー、星」

「うん」

さっきはなかったはずなのに、梢《こずえ》の上にもぱらぱら小さな星が光っている。

「なあ、ちょっと肩貸して」

言いながら、藤野が肩にもたれてきた。

「重い？」

「いや」

重みが心地いい。藤野は黙って御堂にもたれ、カップのジントニックをすすっている。唇の動きが気になり、もたれてくる身体の接触が気になった。

他人と触れ合うのは苦手なはずなのに、ぜんぜん嫌じゃない。むしろもっと触れたいとすら思った。……近くにある藤野の手を握ってみたい。

「星ってなんで見てるうちに増えるんだろうなー、不思議」

藤野と一緒に増えていく星を眺めながら、御堂はふっと気がついた。そして、動揺した。


——俺は、藤野君のことが好きになっているのかもしれない。

6

まだ梅雨《つゆ》には早いが、朝から蒸し暑く、昼前から小さな雨が降ったりやんだりを繰り返していた。

いつもビジネスバッグに入れている軽量の折《お》り畳《たた》み傘《がさ》が、今日に限って入っていない。昨日、会議に必要な大型バインダーを入れるのに出して、そのまま入れ忘れたらしい。藤野《ふじの》は会社のエントランスでため息をついた。

ツイてない、というほどでもない小さな突っかかりがこのところ多い。信号はことごとく赤で引っかかるし、エレベーターは目の前で扉が閉まる。今日も土曜だというのに、上司の不勉強の尻ぬぐいのために午前をまるまるつぶされた。

なにより、あの男との交流が途切れた。

御堂《みどう》のことを考えて、藤野はまたため息をついた。最後に会ったのは先週の土曜で、それからなんの音沙汰《おとさた》もなかった。こっちからもできないでいる。

あの夜、埜中《のなか》と歩調を合わせて帰って行く神林《かんばやし》の後ろ姿より、藤野は隣で自転車を押して歩く男がどう感じているかばかりを気にしていた。

いっそのこと神林に彼女ができれば諦めもつく、と結論したものの、実際そうなりそうな場面を目《ま》の当たりにして、御堂は動揺しているようだった。神林たちを見ていられないらしく、食事の間もずっとこちらにばかり視線をよこして、痛々しかった。

適当な男と適当に発散してやりすごせる自分と違って、御堂は生真面目《きまじめ》な男だ。神林と埜中を二人きりで帰したものの、内心どれほど落ち込んでいるだろうかと想像すると心配だった。

案《あん》の定《じょう》、飲みたいと言い出した。

あのときにはもう、藤野は自分の気持ちを八割がた自覚していた。

だから神林と埜中が肩を寄せ合って帰って行く姿を見送っても、さほど切ない気持ちにはならなかった。

さみしいけれど、しかたがない。

いずれは手放さなくてはならないとわかっていたことだ。

子どもが自立して離れていくのを見守る親の心境はあんな感じじゃないかと思う。幸せになってくれ、と願う気持ちに嘘はなかった。

ただ、それを同じように見守る男のことが気にかかってしかたがなかった。

そのあと一緒に飲んで、肩を貸してもらって、藤野はずっとこうしていたい、と思ってしまった。御堂のそばが落ち着く。

好きになってるなあ、と思いながら一緒に星を眺め、名残惜《なごりお》しい気持ちで駅で別れ、でもはっきり好きだと思ってしまったら、それまで気軽に送っていたメッセージができなくなった。その前までは毎晩御堂とやりとりしていて、仕事の愚痴《ぐち》までこぼしていたのに。御堂のほうからもこない。もともと藤野から発信することのほうが多かったから、こちらから連絡すればいいことなのに、悩んでばかりだ。

ひとつには「神林」という共通項がなくなったこともある。御堂はまだ神林に未練があるだろうし、不用意に神林の話題は持ち出せない。文面に悩み、タイミングに悩んでいるうちに一週間経《た》ってしまった。日を置けば置くほど躊躇《ためら》いが大きくなるとわかっていたが、どうしても慎重になってしまう。自分がこんなに臆病だとは知らなかった。

エントランスロビーに人けはなく、藤野はスマホで御堂とのやりとりを表示させて眺めた。たった二週間だったが、神林を称《たた》えたり、実家の猫の話をしたり、思いつくまま雑談をして、御堂も気軽につき合ってくれている。真面目すぎるほど真面目な男だが、それだけに信頼できるし、御堂は意外に懐《ふところ》も深い。

理想と内情のギャップを埋めるために無駄な仕事ばかり押しつけられている、という泣きごとにも、御堂は思いがけず親身な助言をしてくれた。

「ITリテラシーにばらつきあるのは大企業はどこもだよ」

仕事の愚痴など御堂はスルーするだろうと思っていたから意外だったし、現実的な対処法をいろいろ伝授してくれたのもありがたかった。

複数企業のプロジェクトを経験しているだけあって、御堂の助言はどれも的確だった。「その上司の癖もあるから、もし音声入力にアレルギーあるんだったらまた別の効率いい方法考えて試そう」などと言われて、なるほどなあ、という驚きもあった。

上司の癖、という捉えかたも、気に入らないようなら他のアプローチでリトライしてみよう、という考えかたも藤野はしたことがなかった。

こっそり「御堂君はあの性格で仕事のコミュニケーションうまくいってんのかな」などと考えていたが、それは完全に自分の驕《おご》りだった。仕事のやりかたはいろいろある。

今日も本部長会議で使う資料を紙で作成しておいてほしいと言われて出社したが、これはそもそもデータ作成のときに作っておけばよかった案件だった。わかったから、次はそうする。

仕事のほうはそれで片づいたが、今の問題はこの雨だ。藤野はエントランスから出て、空を見上げた。ビルとビルの間から雲が流れていくのが見える。緑がかった不穏な色に、土砂降りになる予感がした。

「雷とか勘弁してくれよ」

雨も嫌だが、雷はもっと嫌だ。高校のときにグラウンドに落雷があり、それから雷が苦手になった。

雨の止み間《やま》に駅まで走るか、諦めて近くのコンビニでビニール傘を買うか思案して、藤野はまたいつの間にか御堂のことを考えていた。手にしていたスマホで、御堂とスケジュール調整するために入れたアプリを表示させる。自動更新で、御堂の予定がざっくりわかるので、ここ数日、手持無沙汰《ぶさた》になるたびに眺めてしまっていた。今日は一日ブルー表示だ。とはいえ御堂の仕事は裁量《さいりょう》制で、拘束《こうそく》されない時間帯というだけのことだ。仕事かもしれない。忙しいかもしれない。

いつもこうして悩んで、結局なんのアプローチもできないままだ。

「あ」

アプリを閉じようとして、今日のスケジュールをリクエストしてしまった。しまった、と慌てて取り消そうとしたら、逆に送信の操作になった。使い慣れないアプリなので、キャンセルの方法がわからない。別のメッセージアプリで「今のは間違っただけだから」と送ったほうが早いか、と焦っているとぶるっと着信した。御堂からだ。

「も、もしもし」

『藤野君？』

「うん。あの、えっと」

『リクエスト見たよ。今、藤野君会社にいるんだろ？　仕事？』

「え？」

『藤野君の現在位置表示、社内になってるから』

「あ、そうなんだ？　でももう仕事終わったから帰ろうかなって」

なにかをタップしてしまったらしく、藤野が会社にいるのが御堂にはわかるようだ。

『俺も今日クライアントの事務所にサポート行って、今帰りなんだ』

「あ、そ、それなら昼飯食わない？　もう食った？」

勢いで誘うと、御堂は「うちに来ないか」と言い出した。

「えっ？　家？　御堂君の？」

『昼まで天気もつと思ってたのに、降ってきたから。俺の家、そこから近いよ。狭いワンルームだけど…ごめん、いったん切る』

どうやら自転車で、雨に降られてしまったらしい。通話が切れて、これどうしたらいいんだ、とスマホを持ったまま困惑していると、スケジュールアプリにポップアップ表示が出た。よくわからないままタップすると、今度は住所と地図が表示された。これを見て来い、ということのようだ。

「えー…まじで」

びっくりしたが、御堂に会えると思うとテンションが上がった。しかも、自宅に誘ってくれた。

浮かれた気持ちにストップをかける自分もいたが、御堂の顔を見られるというだけでどうしようもなく高揚する。

藤野は傘を買うために、すぐそこのコンビニに向かって走り出した。


何度かメッセージのやりとりをして、御堂のマンションについたのは三十分後だった。初めて降りる駅で、雨もひどくなっていたのでタクシーを使った。五階建てのいかにも若者向けの賃貸《ちんたい》物件で、メールボックスもエレベーターもデザイン性が高い。御堂の部屋は三階だった。

「こっちか」

コンクリート打ちっぱなしの壁面に、赤いスチールドアがエレベーターの両脇に並んでいた。どちらにも表札は出ていないが、部屋番号と、大きなロックのかかった自転車が置かれているのでどっちが御堂の部屋かはすぐにわかった。

どきどきしながらチャイムを鳴らすと、少ししてドアが開いた。

「ごめん、シャワーしてた」

「あっ、いや。こっちこそ、急にごめん」

いきなり髪を拭《ふ》きながら出てきた御堂に、藤野は耳のあたりがかっと熱くなった。そしてそんな自分の反応に自分でどぎまぎした。御堂もこころなしか意識している様子で、「入って」と促《うなが》した。

雨に降られた、と言っていたとおり、玄関に水たまりができていて、上がり框《かまち》には御堂が脱ぎ捨てた衣類が小山を作っている。

「藤野君も肩のとこ、濡れてる」

「あ、ありがとう」

タオルを差し出す御堂の手にうっかり触れたりしないように緊張しながらタオルを受け取り、藤野はさりげなく部屋を眺めた。

狭いワンルームだと聞いていたとおり、玄関から細長い部屋までひとつながりで、突き当たりがベランダだ。ベッドとシェルフが壁際に沿って配置されていて、ユニットのバスとミニキッチンが玄関わきにこぢんまりとある。

「えっと、冷凍ピザでいいかな。腹減ってて」

「あ、うん」

御堂は妙にそわそわと冷蔵庫を開けた。

座ってて、と言われて、藤野はノートパソコンやタブレットの置いてあるローテーブルの前に腰を下ろした。シェルフにもパソコンや周辺機器が収められていて、一番端はハンガーラックとして使われていた。全体にあまり生活感がなくてシンプルな部屋だ。

シャワーを浴びたばかりの御堂がルームウェアでいるのが目の毒で、藤野はあまり見ないように微妙に視線を逸《そ》らせていた。

それにしても「家」は情報の塊《かたまり》だ。几帳面《きちょうめん》そうだと思っていた通り、シェルフに並んだ機器は整然としているし、ベッドにはきちんとカバーがかかっている。そのカバーやカーテンがスモーキーブルーなのは、カーペットのグレイとの調和を考慮してのチョイスだろう。やはり御堂はセンスがいい。

「藤野君、このあと仕事?」

「いや?」

「じゃあビールにしようか」

御堂が解凍したピザと缶ビールをローテーブルに出した。御堂が緊張しているように感じるのは、たぶん自分が緊張しているからだ。

「俺、料理ぜんぜんしないし、リモートワーク期間は基本実家だから、取り皿とかないんだ。

ごめんな」

それで部屋にあまり生活感がないんだな、とわかった。

御堂は微妙に藤野から距離を開けて隣に座った。腹が減ってる、と言っていたとおり、御堂はさっそくカットしたピザを取ってほおばった。すすめられて、藤野も手を伸ばした。

「御堂君も今日仕事だったんだ？」

なにか話さないと、と藤野は口を開いた。

「うん。土曜はオフィスが空くから、保守点検がけっこう多い。近いエリアでまとめて回るようにしてるから効率はいいけど」

「御堂君の仕事って、自分でコントロールできるとこ多そうで羨《うらや》ましい」

御堂の仕事ぶりを直接見たわけではないが、相当優秀だろうな、と思う。

「藤野君が思ってるほどじゃないと思うけど、でもまあ、今の仕事選んだのはそれが大きいから。普通の会社勤めは自由が利《き》かないから性に合わないんだ。藤野君は？　なんで今の会社？」

「内定もらった中で、一番有名で一番でかかったから」

「ふーん…」

御堂が考えていることはだいたい推測できた。

「うち、母子《ぼし》家庭なんだよ。ってもかーさんがヘアサロンやってて、ばーちゃんもずっと元気だから苦労したとかはぜんぜんないんだけどね。でも俺はそうでも、親は苦労してるだろ？

だからせめて安心させてやりたくてさ。かーさんくらいの年代の人は、息子の勤務先が自分も知ってる大企業ってだけで安心すんのよ」

御堂は意外そうな顔で藤野の話を聞いていた。

「親孝行だな」

「そんなおおげさなもんじゃないよ。どうしてもしたいってことがあったわけじゃないし、実際福利厚生《ふくりこうせい》とかばっちりだから、今のところはこれでよかったなって思ってる」

「俺は逆だな。見合いしろとか言ってきたら、ゲイだから無理だってぶちまけるつもりで、その準備してる面がある。スキルさえあれば、いつでも自分の好きなところで好きなように仕事ができるだろ?」

御堂の発言は藤野にも意外だった。

「俺は自分のことしか考えてないのに、藤野君は偉いな」

「いやいや、御堂君の家とはまた事情が違うだろ」

見合いなどという前時代的な制度がすんなり口から出てくるあたりで、なんとなく察するものがあった。

少しずつ互いのバックグラウンドが見えてきて、より御堂を身近に感じる。もっと御堂のことを知りたいし、自分のことも知ってほしい。

友達になってほしい、と言うのは迷惑だろうか。

横目で見ると、御堂がピザをつまんでいた指を舐《な》めた。ちらっと見えた濡れた舌に、どきっとした。咀嚼《そしゃく》する唇、嚥下《えんか》する喉《のど》の動き、ぜんぶが生々しい。

湧き上がってくる衝動に、藤野は慌てて目を逸らした。

心臓の音がどくどくうるさい。御堂の湿った髪や、ルーズなルームウェアに不埒《ふらち》な衝動が収まらない。キスしたい。誘惑したい。いつの間にかまた雨が強くなっていた。ベランダのサッシが換気のためにか少しだけ開いていて、雨音がする。

そのとき、照明がちかっと点滅して、部屋に閃光《せんこう》が走った。

「雷？」

稲光《いなびかり》にはっと窓のほうを向くと、ややしてどん、と音が響いた。反射的に身体が縮《ちぢ》こまった。

「俺、雷…、」

苦手なんだ、と言いかけたとき、また稲光がした。

「うわっ」

閃光から雷鳴までの間が嫌だ。窓から少しでも離れようとして、御堂に腕がぶつかった。

「ごめ――」

どきっとして御堂のほうを向こうとしたら、ぐいっと引き寄せられた。

え？　とびっくりしたが、そのときにはもう御堂に抱きすくめられていた。

「――大丈夫か？」

怖くて竦《すく》んでいた身体がかっと熱くなり、藤野はうなずくこともできず、ひたすら固まっていた。御堂の湿った髪が頬に触れ、胸の鼓動が伝わって来る。

どん、とさっきより大きな雷鳴がして、藤野は思わず御堂の背中に腕を回した。

「か、みなり…、昔っから苦手で…」

嘘じゃない。でも今こんなにどきどきしているのは雷のせいじゃない。御堂が落ち着かせるように背中を撫でた。ぞくっと快感が走る。もう少しで変な声が出そうになった。

「近いな」

目をつぶっているのに、また部屋が光ったのがわかる。反射的に身体が竦んで、御堂の腕に力がこもった。もう自分が何にどきどきしているのかわからない。雨音がさらに激しくなり、どん、と建物に響くような音がした。次には本当に雷が落ちるんじゃないかと怖くなって、藤野は御堂にぎゅっとしがみついた。

「こわい」

「大丈夫だよ」

「ひっ」

部屋中が明るくなるほどの稲光がした。

「嫌だ――」

怖い、と訴えようとしたら、首のところに顔をうずめていたのを無理に引き離された。

「――え？」

大きな手が顎をつかみ、顔を上げさせられる。驚くより早く、唇に御堂の唇が重なってきた。

「……っ」

衝動的にキスしてから、はっとして離れようとしたのを、藤野は引き留めた。

雷鳴が、聞こえるようで聞こえなかった。それより目の前にいる男の瞳に自分が映っていることだけしか意識にのぼらない。

御堂のこめかみのあたりを両手ではさみ、逃げようとしていた唇を今度はこちらから捉えた。頭の中が沸騰《ふっとう》するようにぐらぐらしている。唇を割って中を探ると、熱い舌が縮こまっていた。誘いかけるように巻き込み、藤野は手を御堂の肩に下ろした。おずおず舌が反応を返してくる。どくん、どくん、と心臓の音がした。自分のなのか、御堂のなのかわからない。

「――ん…」

下半身が痛いほど張りつめている。

「は、…っ」

ぐんぐん上昇する欲望に、藤野はさらに積極的に舌を絡《から》めた。呼吸が苦しい。でももうちょっとキスしていたい。

「――は……」

とうとう息が続かなくなって、唇を離した。

いつの間にか雷は遠ざかっていた。

「御堂君――」

至近距離で視線が合って、藤野は大きく目を見開いている御堂に、はっとした。

「ご、ごめ……」

御堂が潔癖《けっぺき》なのを知っているのに、と焦《あせ》った。最初にキスをしてきたのは御堂のほうだが、雷に怯《おび》えているのを落ち着かせようとしてとっさにしただけなんだろうというのはわかっていた。わかっていて、引き留めた。

「ごめん、ほんっと、ごめん。あの、気にしないで。って、無理か」

どうしよう、どうしたら、と焦るあまり、何を言っていいのかわからなくなった。

御堂の目がすっと冷静になった。

「気にしないなんて、無理だ。俺は、好きじゃない人とはキスできない」

首のうしろがひやっとした。御堂がもっと何か言いかけたが、藤野は必死で衝撃をやり過ごした。

「どうせ俺は節操《せっそう》ねえよ」

御堂が怒ったように眉を上げた。

「そんなこと言ってない。そうじゃなくて……、」

「じゃあなんだよ。好きでもないのにエロチューしちゃって自己嫌悪か？　無理にキスして悪

かったよ」

先にキスしてきたのはそっちだろ、と悲鳴をあげそうになった。でもセクシャルなキスに誘ったのは自分だ。

「藤野君は、誰でもいいのか」

「は？」

腹が立ったが、御堂からしてみれば、俺は寂しくなったら誰彼かまわず手近な男と関係をもつビッチに見えるんだろうな、と思ったら急に悲しくなった。

「そう思われてもしょうがないよな。確かに俺は神林のことが好きなのに他の男と遊んでたし。けど誰でもいいってめちゃくちゃやってたわけじゃねーよ。神林に似てる男で、俺の事情もわかってくれてるやつにどうしようもないときだけつき合ってもらってた。それだって御堂君にしたら信じられないことかもしれないけど」

「神林に似た男…？」

口を挟もうとしていた御堂が、ふと顔色を変えた。

「顔とか、笑った感じとか。誰でもいいわけじゃない」

言い訳だ、と自分で思った。

御堂が急に黙り込んだ。

「――俺さ、ずっと友達に誰か紹介してやるって言われてたんだ」

軽蔑《けいべつ》されてるんだろうな、と思って藤野は半分やけになった。

「この際、そうしようかな。俺だって本当はその場しのぎで紛《まぎ》らわせるのしんどかったし、誰か紹介してもらおうかな」

言いながら、自分の言葉にふっと救われるような気持ちになった。

実際、仲のいいゲイの友人たちには「いい加減そのノンケ諦めなよ。スイ紹介してほしいって男、いっぱいいいるんだから」と言われ続けていた。

「好きでもない男とつき合うのか?」

今までと同じじゃないのか、という非難のニュアンスに、藤野は首を振った。

「そうじゃないよ。その場限りで遊ぶんじゃなくて、好きになれそうな人といい関係つくれるようにお互い努力するってこと」

神林がどうしても好きで、他の人に目を向ける気になれなかった。その神林を好きになった男だからこそ、御堂にも惹かれた。でも御堂は自分のようなずるい男とは違う。

「友達は俺のことよくわかってくれてるから、神林みたいな男選んでくれると思う」

話しているうちに、少しずつ気持ちが落ち着いた。

御堂の唇が薄く開いた。何か言おうとしたが、思い直すように一度目を伏せ、それから藤野に視線を合わせた。まっすぐな目に、胸がぎゅっと絞《しぼ》られるように痛くなった。

「神林みたいな男か」

御堂が、気が抜けたように言った。

「――うん」

それ以上そこにいられなくて、藤野は今度こそ腰を上げた。

「俺、そろそろ行く。急に来て、ごめんな。それで、さっきのも、ごめん」

玄関の水たまりと濡れた服をまたぎ、藤野は慌ただしく靴に足を入れた。

「お互い、早く立ち直ろうぜ」

精一杯の強がりで、肩越しに御堂に笑いかけた。

「本当に、悪かった」

御堂は返事をしなかった。藤野はじゃあな、と玄関を出た。

7

御堂《みどう》の実家の部屋は、中学のときからほとんど変わらない。

二階の十二畳の和室にカーペットを敷き、ベッドや本棚を適当に配置している。日に焼けたカーペットややたらと分厚《ぶあつ》いカーテンは質はいいが古臭く、一番奥の本棚は旧仮名遣《きゅうかなづか》いの文学全集が詰め込まれていた。

古い日本家屋《かおく》は開口部が多くて広い。ベッドに寝転ぶと、開け放した窓から庭の樹木のてっぺんが見えた。昨日の雨は止《や》み、早朝の空は青く澄んでいる。

はあ、とため息をついて、御堂は仰向《あおむ》けの体勢から横臥《おうが》になった。ついでに枕を抱いてみる。

昨日、一週間ぶりに藤野《ふじの》に会った。

神林《かんばやし》の店に行くまでは毎晩やりとりしていたのに、あの夜からぷっつりと連絡が途切れ、御堂はずっと悶々《もんもん》としていた。藤野を好きだと自覚して、自分の心変わりにも少なからず動揺していた。出会ってまだひと月ちょっとなのに、と思うと自分でも信じられない。

藤野粋《すい》は、御堂にとってむしろ苦手なタイプのはずだった。

軽薄で斜《しゃ》に構え、華やかだが時折ちくりとくるような毒を吐く。

その藤野が一途《いちず》に神林だけを想ってきたと知り、急速に距離が縮《ちぢ》まって、彼のいろんな面を見つけるたびに強く惹《ひ》かれた。そして気がついたら好きになっていた。

叶わない片想いが、次の片想いを連れてきた。

皮肉だ。そして虚《むな》しい。どうして俺はいつも可能性のない相手ばかり好きになってしまうんだろう。

それまで毎晩やりとりしていたのに、神林の店に行った夜から連絡がなくなったのは藤野にとって自分は「片想いの同志」にすぎないからだろう。神林が梵中《のなか》とまとまってしまえばそれまでで、だから連絡は途切れた。でも御堂はまた会いたかった。

何度もメッセージを送ろうとしては文面に悩み、時間だけが過ぎた。

昨日、藤野からミーティング用のリクエストアプリで連絡が来たとき、御堂は藤野が間違ってタップしただけなんじゃないかと疑った。思ったとおり、リクエストが来ただけで具体的なコメントが入らない。スルーしてやるほうが藤野には面倒がないとわかっていたが、せっかくのチャンスは逃せなかった。

自宅に来てもらったのは雨に降られてずぶ濡れになってしまっていたからだが、藤野が来てくれることになって、御堂はものすごく緊張した。

いきなり自分の気持ちを押しつける気はなかったが、まずは神林抜きで親しくなって、徐々に距離を縮《ちぢ》めることができたらと思っていた。

でも結局、ぜんぶ空回りで終わった。

神林みたいな男を紹介してもらうつもりだ、と言い残して藤野は帰ってしまった。

あのとき、雷に怯《おび》えている藤野を見て、御堂は激しく感情を揺さぶられた。いつも口元に余裕の笑みを浮かべている藤野が、子どものように怖がって自分のほうに身体を寄せてくる。抱きしめたら、必死ですがってきた。可愛くて、愛おしくて、何もかもが吹っ飛んだ。

「……」

思い出すと、丸めた下半身にまたお馴染みの感覚が襲ってくる。濃厚《のうこう》なキスの記憶がこびりついて離れない。

「どうなってるんだ、俺」

もともと潔癖性《けっぺきしょう》のきらいがあって、自分は性的に淡泊なほうだと思っていた。それなのに、少しでも気を抜くと藤野に対する卑猥《ひわい》な欲求が湧いてくる。

そして「神林みたいな男を紹介してもらう」という言葉にしゅんと萎《な》える。昨日からこの繰り返しだ。

ほとんど無我夢中でキスをしてしまった御堂に、藤野は濃厚なキスを返してきた。条件反射のようなものなのだろうが、御堂には強烈すぎた。

藤野にとっては弾みでも、自分にとっては違う。藤野だから抱きしめた。キスもした。勢いで好きだと言ってしまおうとしたが、その前に「神林のような男」というキラーフレーズで切りつけられた。

藤野の理想の男が神林でなければ、「紹介してもらう」男に立候補したかもしれない。でも神林なのだ。それには御堂も異論はない。男らしく、思いやり深く、それでいてナイーブなところもあって、神林はやはり今も御堂の「いい男選手権第一位」の座にある。藤野が惚れ続けるのは当然だ。

その神林の代打として自分では、あまりに差がある。ぜんぜんだめだ。

狭量《きょうりょう》で融通《ゆうずう》のきかない世間知らず。神林の足元にも及ばない。

はあ、とまたため息をつき、そんな自分に嫌気がさして、御堂はベッドからのっそり起き上がった。

何か飲もうと階下に降りると、母親と妹が台所の続きの居間でなにやら話をしていた。

妹はちゃっかりした性格で、なにかにつけて要領がいい。弟妹によくあることだが、長子《ちょうし》が闘って得た権利を当たり前のように甘受《かんじゅ》するので、御堂はこしゃくな奴め、と妹をあまりよく思っていなかった。

その妹が、母親になにやら訴えている。また戦略的おねだりか、と冷蔵庫から冷茶を出しながら聞くともなく母と妹の会話を聞いていると、どうやら留学の打診だ。

お気楽な妹は、たいして熱心にやっているようには見えないピアノでさんざん両親を振り回してきた。女の子が一人で外国なんて、と相変わらず古臭いことを言っている母親に、短期留学だもん、寮だから一人暮らしっていうのとは違うし、と妹のほうもいつものように食い下がっている。

「あ、お兄ちゃん帰ってきてたんだ」

しばらく同じような話をしていたが、妹が一人で台所に入って来た。

「理紗《りさ》、留学したいのか」

「聞こえてた?」

冷蔵庫からプリンを出しながら理紗がてへ、と肩ごしに笑った。

「さすがにそれは無理だろ」

「そんなことないよー。母さんパンフレット見てたもん。口ではだめだって言ってても、内心では今どき女の子は家にいなさいとかさすがに時代錯誤《じだいさくご》だなって思ってるんだよ。だからパンフレットもつい手にとっちゃう。言葉じゃなくて、行動を見なくちゃ」

いつもならへらず口ばかり立派だな、くらいに思うところだが、今日は妙な説得力を感じた。理紗は勉強こそできないが、昔から欲しいものを取りにいく力はものすごかった。そこは評価すべきなんじゃないか、と最近になって思い直していた。

「行動を見る、か…」

「そーだよ。言葉より行動。あたしの友達の彼氏だっていっつも『俺が好きなのはマミだけ』とかって言ってるけど、そんなら浮気なんかしないよね？　言葉じゃなくてやってること見なきゃ」

妹の発言に、ふと「肩貸して」ともたれてきた藤野を思い出した。

あのときはただ寄りかかるのにちょうどいいんだろうと思っていた。昨日、濃厚なキスに誘ってきたのも、ああいうことに慣れている藤野が気分に流されてそうしただけだと思い込んでいた。藤野の本心は藤野でなければわからない。でもあの行動から考えると、少なくとも藤野は自分に対して拒否感は持っていない。

「あとは押すのみ。ほしいものは全力でとりにいく。やりたいことはとりあえずやる。後悔はそのあとだ」

妹は我が信条を述《の》べて、うむ、と男らしくうなずいている。聞いているうちに、御堂は迷いの霧が晴れていくのを感じた。

長年神林に片想いし続けていたので、御堂は「告白する」のは「迷惑だ」とどこかで思い込んでいた。

でも藤野は神林ではない。

告白して、なにが悪い？

「どうしたの？」

急に黙り込んだ御堂に、理紗が不審げな顔になった。御堂は勢いよく立ち上がった。

「いや、なんでもない。留学、行けたらいいな。頑張って説得してくれ」

言い捨てて、御堂は二階に駆け上がった。

藤野はゲイだし、柔軟なものの考え方をする男だ。神林と比べて男としてのレベルが話にならない相手だとしても、話くらいは聞いてくれるはずだ。その上で、たまに会って飲みに行くくらいの仲にはなってくれるんじゃないか。

そうだ、むしろこのまま黙っていたら自然消滅になるだけだ。それは嫌だ。

告白しよう。

そう決めると、逆になんで勝手に後ろ向きになっていたのか、自分が不思議だった。完全に「神林」という名前に惑わされていた。でも、もう目が覚めた。

心が決まると自動的にプレゼン脳が活性化されて、御堂は「まずは日程と場所の決定だ」と藤野の予定を押さえるべくスマホを手に取った。

「ん?」

ほんの五分前に着信があったとサインが出ている。一瞬「藤野からか」と心が沸きたったが、表示されていたのは「神林久嗣《ひさつぐ》」だった。それを目にして、御堂は心底驚いた。神林から電話があったことにではなく、自分の心境の変化にだ。

ほんのひと月前なら、神林から電話があったことにがっかりすることなどあり得なかった。嬉しくて、わくわくして、とびつくようにかけ直していたはずだ。

それなのに、今、自分は「藤野君じゃなかった」と明確にがっかりしている。

俺は本当に藤野君が好きなんだな…、と御堂は自分に対してしみじみとした気持ちになった。

それでも神林から電話があったとなれば、もちろん嬉しい。かかってきたのが五分前なら通じるだろうと折り返しをタップした。思った通り、四回ほどのコールで「もしもし?」と聞き慣れた声がした。ただし神林ではない。まさに今、御堂が一番会いたいと思っている相手だ。

『御堂君? 俺、藤野。ごめんな、神林スマホ置きっぱでコンビニ行っちゃってるから、勝手に出た』

藤野がすまなさそうな声で謝り「今、神林に呼び出されて、あいつの部屋にいるんだ」と説明した。

『俺もまだよく話聞いてないんだけど、どうも埜中《のなか》さんにふられたっぽい。御堂君にもやけ酒つき合わせるとかって言って、今、酒買いに行った』

驚いたが、藤野もまだよく状況がわかっていない様子だ。

『それと、昨日のことも、ごめん』

「いや、——あの、俺、今からそっちに行くよ」

話は会ってからしたい。

『あ、来れるんだ？　よかった。それじゃ、あんまり飲ませないようにして話だけ聞いとく』

通話を切ると、御堂は慌ただしく出かける用意をしながらフルスロットルで考えを巡らせた。

埜中さんにふられた、ということは神林はやはりあのあと彼女と急接近したということだ。

ほんの一週間で、あの神林が？　と驚くばかりだが、自分の心境の変化を考えると「恋とはそういうものだ」と腹に落ちる。

それより、藤野だ。

埜中さんと神林ならお似合いだ、と一度はふっきれたのに、また気持ちが逆戻りしているんじゃないか。

万分の一の確率に賭けて告白するつもりだったが、きっと気持ちが揺さぶられているに違いない。告白はまた落ち着いてからにするとして、こんな時、どうフォローしたら藤野の辛《つら》い気持ちを慰められるのだろうか。

藤野は一時的でも人肌に触れたら気がまぎれると言っていた。いや、しかしそれはあくまでも「神林みたいな男」だ。

いやしかし、藤野は自分ともキスをした。つまり俺でも拒否感はないということだ。いやしかし、今は自分のほうには恋愛感情がある。だからとにかく友人として見守るべきだ。いやしかし、自分がそうでも藤野は違う、いやしかし、いやしかし…とぐるぐる考えていて、電車に乗り間違えそうになった。

「やめろ。また考えすぎになる」

とにかく落ち着け、と自分を叱咤《しった》して、御堂は神林の部屋に急いだ。


御堂がもうすぐ来る、と神林のアパートで、藤野はずっとそわそわしていた。

神林から「彼女にふられた、やけ酒つき合え」と連絡がきたときは驚いたが、「御堂にも招集《しょうしゅう》かけるぞ」と言うのを聞いて、藤野はとっさに御堂に会える、とそっちに意識を持っていかれた。

そして昨日は誰かを紹介してもらおうとまで思い詰めていたのに、御堂の声を聞いたらそんな決心はあっさり揺らいでしまった。

軽蔑《けいべつ》されているのでは、と怯えていたが、御堂の声は以前と同じだった。御堂は好悪《こうお》をはっきり出すほうだ。嫌われていないようだとわかると心底ほっとして、現金にも早く顔が見たくてたまらなくなった。

もうだめだ、と藤野は観念した。すっかり好きになっている。

自転車を買って、ツーリング仲間になれたらこれからも会えるよな、とこっそり考えて、藤野はちょっと悲しくなった。神林には十一年も片想いした。次の十年をこんどは御堂に捧《ささ》げることになってしまうかもしれない。でももうしょうがない。幸い、片想いには耐性がついている。

「御堂だな。俺、出るよ」

一人でごちゃごちゃ考えていると、アパートの外階段を上がってくる足音がした。コンビニで買ってきたものを出している神林に言って、藤野は急いで玄関に出た。

「早かったな」

チャイムが鳴るより早く玄関ドアを開けると、御堂ははっと顎《あご》を引いた。

「おう、御堂！　来てくれたか！」

緊張した空気をやぶるように、藤野の後ろから神林が声を張り上げた。

神林が学生時代から住んでいるハイツは、広めの１Ｋだ。三足も靴を脱げばいっぱいになるタタキからすぐがキッチンで、スライドドア一枚でつながった奥から、神林は首だけ出して
「入れ入れ」と御堂を促《うなが》した。

「昨日は、どうも。ピザごちそうさま」

「あ、いや」

片想い上等、と開き直って、藤野はスニーカーを脱いでいる御堂に小声で言った。御堂は若干《じゃっかん》うろたえた様子で藤野を見た。

「まあこっち来て座れや、ふたりとも」

神林はコンビニ袋から、スナック菓子や缶ビールを座卓の上に並べているところだった。

「こんな朝から飲み会か？」

「いーだろ。久しぶりに日曜が休みになったから、たまにはおまえらと家でゆっくり飲みたいなと思って」

藤野はベランダ側に回り込んで座卓の前に座り、御堂はその向かいに座った。神林がどんどんビールを並べていく。

「朝っぱらからこんなに飲むつもりなのか」

神林は正直な男だ。御堂が言うと、すぐどんよりと肩を落とした。

「実は、この前一緒にメシ食ったバイトの子、いるだろ？　埜中さん。あの子とあの日から毎日一緒にメシ食うようになったんだけど」

「えっ、あの日から？」

「えっ、毎日？」

あの超奥手の神林が？　と驚いて、思わず御堂と二人で突っ込んだ。うん、と神林が力なくうなずく。

「埜中さんとは、なんていうか…気負わないで話ができて楽しかったし、埜中さんもそう思ってくれてる気がして、いつも別れるときにはもうちょっと一緒にいたいなと思ってしまって…」

神林からこんなことを聞くのは初めてだ。

「それで?」

「女の子といい雰囲気になったのなんか初めてで、浮かれてたんだよな。彼女は俺のことバイト先の店長としか思ってないのに」

神林がうなだれた。

御堂が焦ったように訊いた。

「告白、したのか」

「しようとしたけど、だめだった」

「それ、は…」

神林の辛そうな表情を見ていられなくて、藤野はぎゅっと拳《こぶし》を握った。

「わかった、飲もう」

御堂が手近にあった缶ビールのプルトップを開けた。

「気にすんな。おまえのこと振るなんて、見る目ねえよな埜中さん」

「本当だ。いい子だと思ってたのに、がっかりだ」

「埜中さんは悪くない」

振られてもそこだけは、というように神林が顔を上げる。そうだ、神林はこういう男だ。御堂と目を見合わせ、しみじみとうなずき合った。そしてこんなにいい男を振るなんて、やっぱり埜中さんは男を見る目がない。

「そうだよな、ごめん」

「うん、俺たちが悪かった」

「ただ俺が彼女に釣り合わなかっただけだ」

神林がほろ苦く言って首を振った。

「うまくいくかもしれないなんて、本当に調子乗ってた」

「そんなことはねえよ。神林はいい男だ」

「そうだ、神林は最高の男だ」

「おまえらに言われると辛いな」

神林が苦笑いする。

「いい男ってのはおまえらみたいなのを言うんだよ。俺なんかぜんぜん」

「あえて言うなら、そこだよ神林」

藤野はキッと神林を睨んだ。

「埜中さんがなにをどう言ったのか知らないけど、自分で自分を俺なんかって言うんじゃねえよ」

　神林のぜんぶが好きな藤野だが、昔から神林の女性に対する自己卑下《ひげ》癖だけは引っ掛かっていた。御堂も大きくうなずいた。

「そうだよ。埜中さんは残念だったけど、神林ならこれからいくらでもいい人が見つかる」

「だいたい、おまえどんなふうに告白したんだよ？」

　ふと、この神林がした『告白』は本当に『告白』になっているのか、と藤野は疑問を覚えた。神林は遠い目になった。

「告白っていうか、…昨日の夜も一緒に駅前の居酒屋でメシ食って、楽しくて、今日は俺も彼女もたまたま休みが重なってて、日曜に休みなんてめったにないから、彼女も大学休みだろうし、どこかに行かないかって思い切って誘ったんだ」

「うん」

「そしたら先約があると断られた」

　神林がしょんぼりした。

「えっ、まさかそれだけ？　先約ってデートってことか？　彼氏がいたってこと？」

　彼氏なんかいるわけないですよー、と笑っていた埜中を思い浮かべて、藤野は首を傾《かし》げた。世の中には思わせぶりな態度をとって男を勘違いさせる女の子もいるようだが、埜中はそういうタイプではない。御堂も腑《ふ》に落ちない顔をしている。

「それ、単に友達と約束してただけなんじゃねえの？」

「そうだよ、一回断られたくらいで」

いや、と神林が無念そうに首を振った。

「友達に、紹介したい人がいるからって誘われてるって言ってた」

「それは…」

おいおい、と藤野は呆れた。御堂もそれは違うだろう、というように眉を寄せている。

「神林、そこで引き下がったのか？　そこは押すとこだろ？」

「え？」

「え？　じゃねーだろ！　紹介は断ってくれないか、俺は君が好きなんだってハッキリ言うタイミングだ、そこは！」

「いや、だって紹介してもらうつもりになってたわけだし、それはつまり俺のことなんか眼中になかったってことで…」

「馬鹿か！　んなもんわかんねーだろ。友達がせっかく紹介してくれるっつったら会うだけ会ってみようってなるだろ！　そもそも神林といい感じになったの、ここ最近だろ？」

藤野が言い募《つの》ると、御堂も横から口を出した。

「そうだよ。むしろ神林が紹介を阻止《そし》しなかったの、埜中さんから見たら『店長は別にわたしのこと好きじゃないから』ってことにならないか？」

「え？」

神林がきょとんと瞬きをした。

「なってるよ！」

「え…？」

「埜中さんに電話してみろ」

藤野は神林に迫《せま》った。

「今すぐ、電話してみろ。君のことが好きだって言って、会いたいって言ってみろよ」

「いや、だって…」

神林が及び腰で首を振った。

「俺なんかがそんなこと言っても、埜中さんは…」

かーっ、と藤野は天を仰《あお》いだ。

「おまえな、もう『俺なんか』って言うの禁止！　俺が十一年も片想いしてきた男を次に『なんか』呼びしやがったらぶっ飛ばす！」

むかついて、藤野はばん、とテーブルを叩いた。神林がびっくりしたように目を丸くした。

「は？」

「は？　じゃねーよ！」

「そうだ、俺は藤野君より三年短いけど、それでもずっと神林一筋だ」

御堂も身を乗り出して早口で言った。

「――？」

神林は意味がわからず、ぽかんとしている。藤野は御堂と目を見交わした。お互い「こうなったら」と覚悟を決めて、神林に向き直った。

「俺らはおまえのこと、ずっと好きだったんだよ。言うつもりなんかなかったけどな、おまえが自分の素晴らしさを認めないからしょうがない」

「そうだ、それで俺たち意気投合したんだ。神林はいい男だって完全に意見が一致したんだよ」

神林はひたすら瞠目《どうもく》している。

「神林は俺たちにとっていつでも世界で一番いい男だ」

「おまえみたいに男らしくて懐《ふところ》が深くて思いやりのある男はめったにいない。いかついけど目は優しいし、笑ったらかわいい」

「上腕二頭筋《じょうわんにとうきん》がエロいんだろ」

「藤野君も寝顔がやばいって言ってたろ」

真顔でやりとりする藤野と御堂に、神林はそれでもまだ理解が追いつかない顔で瞬きを繰り返している。

「俺も御堂君も、ゲイなんだよ」

そこから説明しないとダメだと気づいて、藤野は端的《たんてき》に言った。

「——は？」

「それで、藤野君も俺も、神林のことが好きなんだ」

御堂も平易《へいい》に繰り返した。

「は？　え？　ええ？」

ようやく言われている内容がわかってきた様子で、神林は混乱しきったまま、藤野と御堂を交互に見くらべた。

「そこまで驚かなくても」

「まあ、そうなるだろ」

「まあ、しかたないけどな」

苦笑している藤野と御堂に、神林の喉がごくりと動いた。

「じょ、冗談——」

「本気だ！」

「真剣だ！」

同時に大声で返されて、神林が飛び上がった。

「えっ、えっ、えーっ？」

両手で頬を押さえて驚いている。あたりまえの反応だと思いつつ、少しさみしい。藤野はいつまでも驚愕している神林をにらんだ。

「俺たちがこんなにおまえのこといい男だっつってんのに、おまえはそれをまだ認めないのかよ？」

藤野はテーブルの上に放置してあった神林のスマホを突きつけた。

「ほら、電話してみろ！」

神林は藤野の勢いに押されてスマホを受け取った。

「神林は、埜中さんのことが好きになったんだろ？」

御堂もさらに押した。

「それなら、早く彼女にはっきり伝えてくれ。そうしないと藤野君が神林のこと諦めきれない。俺もこのあと藤野君に告白するから、その前に決着つけてくれ」

「――え？」

「は？」

御堂の後半の台詞《セリフ》に、思わず神林と一緒に御堂のほうを向いた。聞き間違いをしたのかと思ったが、御堂は神林から藤野のほうに視線を移した。

「神林のことがずっと好きだったけど、それは最初から諦めてた。迷惑なだけだろうから言うつもりもなかった。でも藤野君にはチャレンジする」

「⁉」

「そ、そうか」

同じような驚きの表情を浮かべていたが、神林のほうが先に立ち直った。

「よし」

連続でのショック療法が利いたのか、神林は一度深呼吸すると、スマホを軽快にタップして耳に当てた。藤野はまだ今御堂の言ったことをちゃんと咀嚼《そしゃく》できず、混乱していた。

俺に告白する？　チャレンジする？　聞き間違いか？

「あ、も、もしもし、埜中さん？　か、神林です」

神林の緊張の声に、藤野ははっと神林のほうを向いた。まずは神林のことだ。

「今、いいかな」

神林は頬をこわばらせながらも、懸命に話しかけた。

「昨日は、どうもありがとう。あの、急なんだけど、今日は予定があるってことだったけど、そ、その前に、五分でいいから、会ってもらえないかな。話したいことがあるんだ」

無意識だろうが正座をしている。頑張れ、と藤野は拳を握った。

「いい？　あ、ありがとう！」

うつむき加減だった神林が顔を上げた。

「うん。えっ、今から？　うん、もちろん！　わかった、すぐに行くから」

スマホを耳に当てたまま藤野と目を見合わせ、次に御堂に視線を投げた。どうやらいい感触のようだ。

「ありがとう」

通話を切ると、神林は緊張がとけた様子で正座したままだらりと背を丸めた。そして次に勢いよく背筋を伸ばした。

「埜中さん、嫌そうじゃなかった。会ってくれるって。それも、今すぐでもいいですって」

「それは」

「いける」

「わ、わからないけどな。でも、後悔しないようにちゃんと話をしてくる。ありがとうな。おまえらのおかげだ」

頬を紅潮《こうちょう》させ、神林は晴れ晴れとした笑顔になった。

「それで、おまえらもうまくいったらいいな」

神林のからっとした発言に、藤野はまた固まった。

「知らなかったからたまげたけど、なんていうか、――おまえらには感謝してる。ありがとう」

深々と頭を下げると、神林は「じゃあ」と立ち上がった。

「行ってくる。おまえら適当にやってて。もし帰るんだったら、鍵、メールボックス入れといてくれ」

神林が部屋の鍵を置いて出て行き、ドアが閉まった。足音が遠ざかる。それに呼応《こおう》するように心臓の鼓動が大きくなった。喉が渇《かわ》いて、藤野は座卓の上の缶ビールに手を伸ばした。

「藤野君」

御堂の呼びかけに、藤野はびくっと手を止めた。

「な、なに……？」

声が裏返ったが、恥ずかしいと思う余裕もなかった。御堂はまっすぐ視線を合わせてきた。

「どさくさに紛《まぎ》れるみたいになったのは不本意だけど、さっき言ったの、本気だから」

「え……」

「俺、藤野君のことが好きだ」

藤野は瞠目したまま御堂を見つめた。なにが起こっているのか、よくわからない。ただひたすら顔が熱い。心臓の音がうるさい。

「急にこんなこと言って、信用できないと思われるかもしれないけど、好きだ。神林のことが好きな藤野君に、俺みたいな狭量で融通のきかない男を好きになってもらえるとは思ってない。でも、俺は好きだから」

マジで？　と馬鹿みたいにそればかり心の中で繰り返した。

「今すぐ返事してくれとは言わないから。俺はずっと待ってるから、その、考えるだけでも…」

「俺も」

返事しなくちゃ、と口を開いたら、どっと熱い気持ちが溢れ出た。

「おっ、俺も、す、す、好きだよ。御堂君のこと」

「──え？」

頬も額も耳も熱が出たみたいに熱い。ぜったい真っ赤になっている。

「おんなじ。俺も同じこと思ってた。神林のこと好きだった御堂君が、おれみたいな軽薄なやつを好きになってくれるわけないって思ってた！」

突然、御堂も顔を赤らめた。

「──う、嘘…」

「嘘じゃない」

「本当？」

「俺は本当」

「俺だって本当だ！」

御堂がかみつくように叫ぶと、藤野は感情が高ぶって笑ってしまった。嘘みたいだ。

「やっぱり気が合うな、俺たち」

御堂の口元がほころんだ。

「合う」

藤野はずいずいと腰をずらすようにして御堂の横に行った。

「両想いだ」

噛みしめるように言うと、受け止めきれないほどの幸福感が溢れてきて、藤野は御堂の肩のところにあごを載せた。

「――うん」

信じられないという表情で、御堂は藤野の顔をしげしげ眺めた。

「なに？」

声が甘くなるのを止められない。止める必要もない。

「いや。えーと、藤野君、きれいな顔してるなと思って」

キス待ちだった藤野は、唐突な褒《ほ》め言葉にコケそうになった。

「顔褒めてくれるのは嬉しいけど、キスするんだよ、こういうときは」

「でも、そうすると」

歯止めがかからなくなりそう、と言っている御堂の口をふさぐように、藤野は強引に唇を重ねた。

8

「言っとくけど、俺だって好きな男と両想いになったの、これが初めてなんだからな」

そわそわと落ち着かない御堂《みどう》に、藤野《ふじの》も照れくさくてついつっけんどんな物言いになった。

信じられないほどの幸福感で、お互い浮《うわ》ついているのがわかる。

昼時のコーヒーチェーン店は、フードメニューがないせいか閑散《かんさん》としていた。

神林の部屋で、ほんの軽い、触れるだけのキスをして焦って離れたのは藤野のほうだった。思い出してまた頬が熱くなる。「行こう」と乱暴に言って部屋をでて、やみくもに駅前まで来て、こうして小さなコーヒーテーブルを挟んで向かい合っている。

「喫《す》っていいよ」

無意識にポケットから煙草を出したが、御堂が煙が苦手なのを思い出した。引っ込めようとするのを見て、御堂がメニューホルダーに隠れていた灰皿を引きだした。

「いや、いいよ」

「本当に、喫っていいから」

「いやいや」

小さく攻防していると手が触れた。それだけでびくっとして、身体を硬くした。藤野はとうとう噴き出した。しょうもないことで顔を赤らめ合っている自分たちが滑稽《こっけい》で、でも幸せで、笑ってしまう。

「なあ、本当に俺でいいの？　俺、神林《かんばやし》みたいに性格よくないし、見た目だってぜんぜん御堂君のタイプじゃないだろ？」

「それ言うなら藤野君だってそうだろ。俺も神林みたいにいい男じゃない」

お互いに不安で、でも「そうだろうな」と思い合っていたことを確認して、藤野はじんわりひろがる幸福感を味わった。

「神林は、アイドルになった」

御堂が唐突に言った。

「アイドル？」

ちょっと驚いて、それから納得した。

「そうか、確かに。神林はアイドルだな」

「恋人とアイドルは別だ」

恋人、とはっきり言い切られて、また耳が熱くなった。御堂は本当に言動がストレートだ。

「なあ、うちに来る？」

「藤野君のところ？」

「うん。来たことないだろ」

この前御堂の部屋に行って思った。部屋は情報の塊《かたまり》だ。自分のパーソナルスペースを見て、自分のことをもっと知ってほしい。

ジョギングシューズのコレクションとか、性能よりデザイン優先の家電とか、パソコンラックに並んでいるビジネス書籍のタイトルとかで、ふだんの生活ぶりや考えていることや好みがわかる。御堂の部屋ほど整然とはしていないが、そこまでだらしなくはない。

そして知ってほしいことの中には、もちろんセックスも入っている。そういうことになったら嬉しい。もちろん御堂は真面目な男だから、もしかしたら今日のところはなにもないかもしれないけど。…と思っていたのは杞憂《きゆう》だった。

会社が用意してくれている借り上げのワンルームに入るなり、御堂はぎゅっと抱きしめてきた。

「ごめん。なんか…」

玄関から居室部分に入ってすぐで、びっくりしたが、御堂も衝動的にそうしてしまったらしく、慌てたように放そうとした。

「いーよ。っていうか、嬉しい」

藤野は強引に御堂を引き留めた。本当に嬉しかった。

「なー…しよ?」

そういう性格だということはもうわかっているはずだ。藤野は積極的にキスに誘った。御堂は無言で唇を重ねてきた。

「…っ、ん……ん」

キスはすぐに深くなった。舌を絡《から》めあい、唇を噛み、何度も角度を変えてキスを繰り返した。

「藤野君」

御堂は声がいい。唐突に気づいた。いわゆる美声というのではない。でもふくよかな、柔らかい、包み込むような声をしている。それに欲情が混じるとこうなるんだ、と名前を呼ばれてぞくりとした。

「藤野君……」

「スイ」

「え？」

「俺の、下の名前。粋《すい》」

「スイ」

またぞくっとした。

「御堂君は？」

「司《つかさ》」

自然にベッドに座り、自然に押し倒されて、藤野は陶然《とうぜん》となった。御堂が前髪に指を入れて、うしろに撫で上げた。額に口づけられ、そして唇。動きが手慣れていて、ちょっと焦《あせ》った。

「御堂君、したことないって言ってなかった…？」

「ないよ」

それでこれ？　と内心慌てた。リードしなくちゃと思っていたのに、翻弄《ほんろう》される予感しかない。

「だから、なんかまずいことしたら教えて」

「ん――」

シャツの襟《えり》もとに指がかかり、でもそこで御堂は困ったように動きを止めた。

「ごめん。服、うまく脱がせる自信がない」

正直な発言に、藤野はほっとした。同時に甘い気持ちが湧き上がる。ふふっと笑って首だけ上げ、御堂の唇にちゅっとキスをした。

「じゃあ」

「うん」

照れくささを共有しながら、起き上がっておのおの脱いだ。

「御堂君…」

「ん?」

日々自転車に乗っているし、きっといい身体をしているだろうとは思っていたが、御堂は予想以上の見事な身体つきをしていた。

「ねえ、それどこの?」

しかも御堂のアンダーウェアの格好よさに目が釘《くぎ》づけになった。服のセンスがいいのは知っていたが、下着までスタイリッシュだ。ボクサータイプのローライズで、グレーと濃紺の配色がシャープだ。

「これは、クレバーかな」

「やっぱ筋肉ついてるとカッコいいなあ」

シックスパックまではいかないものの、腹筋の縦筋《たてすじ》がきれいに浮き出ていて、惚れ惚れした。滑《なめ》らかな筋肉で覆《おお》われた理想的な身体に触れ、近いうちにジムに通おう、と決意した。たまにジョギングするくらいの藤野は、筋肉もついていないし、肌も白い。

それでも御堂は藤野がボトムスを脱ぐと「うわ」と小さな声を洩《も》らした。今日はたまたま少し布地面積の小さい黒をつけていた。こんなことになるとは思っていなかったから、黒のビキニを穿《は》いていたのは本当に偶然なのだが、御堂がごくっと喉《のど》を鳴らし、藤野はなぜだかやたらと恥ずかしかった。

「御堂君……っ、あ…ぅ」

いきなり下着をずり下げられて握り込まれ、不意打ちすぎて、変な声が出た。それが御堂を刺激したらしく、いきなりまたベッドに押し倒された。

「ちょっと、待って……っ」

ストップをかけようとしたが、その前に食いつくようにキスされた。重量感のある身体に押しつぶされそうで、それにも変に感じてしまう。

「——ッ、は、……ん、ん……っ」

激しいキスに息が上がる。たちまち汗が滲《にじ》み、密着した肌がさらに熱くなった。

「藤野君」

「ん？ あ、ん」

足を持ち上げられて、引っ掛かっていた下着が取り払われた。全裸になった藤野を、御堂が上から見ている。

「スイ」

「んっ」

御堂を煽《あお》って、もっと夢中にさせたいと思っていたのに、名前を呼ばれたとたんに腰砕けになった。それに、煽るまでもなく、夢中になってくれた。

首筋、脇、腕、身体中を探られ、キスされる。味わうように舐《な》めて、ときおり歯を立てられる。そのたびにびくっと反応してしまった。

「そこ、やだ…くすぐったい…って」

ひざの裏を舐められて笑ったら、腿《もも》を押し上げるようにしてきつく吸われた。藤野もセックスするのは久しぶりで、しかもこんなに食いつくように全身を貪《むさぼ》られたのは初めてだ。

「あっ、あ、あ……」

ずっと握られていたところに、とうとう唇がきた。ご馳走《ちそう》をとっておいた、というように、それまで激しかったキスが急に優しくなった。もうとっくに雫《しずく》をこぼしていた先端を舌先がなぞる。

「――っ」

鋭い快感に、背中が反《そ》り返った。

「は――…あ、あ…」

勝手に足が開いて、腰が浮く。

「スイ」

奥が疼く。だめだ。御堂の指が軽く触れた。は、と息が湿った。

「ここ、いい？」

「ん」

藤野は頭を持ち上げて、御堂のほうを見た。肝心《かんじん》のことをまだ伝えていなかった。

「あのな。俺も、それはしたことがないんだ」

御堂が小さく首を傾《かし》げた。

「それ？」

「入れたことはないの」

さすがにちょっと恥ずかしかったが、はっきりさせておかないと、いろいろまずい。御堂が瞬《まばた》きをした。今聞いたことの意味を咀嚼《そしゃく》している。

「入れたこと…？」

どこまでも察しの悪い男に、藤野は嘆息《たんそく》した。

「俺、バックバージンなんだよ。最後までしたことはないの！」

これ以上なくはっきり言うと、ややして御堂が大きく目を瞠《みは》った。

「え？　ええっ？」

そりゃ驚くよな、と藤野は恥ずかしくなって目を逸《そ》らした。

「好きな男とじゃないと、やっぱ抵抗あったからさ…」

やっとちゃんと呑みこめたらしい。御堂はぽかんとしている。

「嘘……」

「本当。でも今、すごい…おまえに入れられたい」

御堂の喉がごくりと動いた。

「好きだから、したいよ」

「そ、そんなこと言われたら……、それに初めてとか……」

「自分でするときは指入れてたけど、だからちょっとキツいと思う…っ、あ……っ」

御堂の手がぐいっと両足を左右に開かせた。完全に目の色が変わっている。

「あ、あ…っ」

いきなりの舌の攻撃に、藤野はまたシーツに背中を押しつけてのけぞった。

「御堂、——ッ、あ、あ」

経験ゼロのくせに、そして愛撫は稚拙《ちせつ》なのに、感じる。なんでこんなに、と思って、好きだからだ、と当たり前のことが腑《ふ》に落ちた。

好きな男に抱かれているんだから、感じて当たり前だ。

「御堂君――」

ずっとされる一方で、まだこっちからはなにひとつ仕掛けていなかった。合図をすると、御堂がずり上がるようにして重なってきた。手を伸ばして御堂を探る。大きくて、固くて、これが入ってきたら…、と想像しただけで身体の芯が熱くなった。

「御堂君…、はやく…っ」

今までどんなに求められてもその行為だけは避けてきた。今は自分からどうしてもそうされたい。藤野は手を伸ばしてベッドの棚からローションを取った。ついでにコンドームも取り出し、パッケージを破って手渡した。

「ちょっと待ってて…あっ？」

自分で用意しようとローションを手のひらに出そうとしていたら、いきなりローションを奪われた。

「御堂く…」

軽く立てていた両ひざの間に身体を入れられ、バランスを崩して藤野はうしろに肘《ひじ》をついた。がっと膝を左右に開かされ、どろっとしたものが直接垂《た》らされた。

「え、…ッ、あ……ぅ」

ぐちゃぐちゃに濡らされたところを御堂の手がこねるように動く。乱暴なのに興奮が伝わって、藤野は息を呑んだ。

「あ、あ、……」

うつむきかけていた藤野の額を、御堂が額を押しつけるようにして上げさせた。そのままキスされる。

「う、…っ、ん……」

経験がないくせに、興奮に任せた動きは粗野《そや》で余裕がなく、藤野はすっかりそれに呑まれてしまった。口の中に押し込まれた舌を無理やり迎え入れさせられて、吸え、と言われたようで従順に舌を吸った。

「——は、ッ、……ん、……」

いつの間にか指が奥に入り込み、ぐちゅぐちゅ卑猥《ひわい》な音を立てていた。御堂のものが反り返り、腿《もも》の内側を撫でる。まるで焦らされているようで、藤野はキスから逃れた。

「スイ」

「もう……」

咎《とが》めるように下の名前を呼ばれて、ぎゅうっと腰の奥が痺《しび》れた。好きな男に求められている実感が、こんなに強烈なものだとは知らなかった。

「スイ、スイ」

「してよ、…く、はやく…っ」

もう一度キスを求めてくる男に、藤野は首を振ってねだった。

「入れて、早く」

一瞬戸惑う気配がしたが、すぐに御堂が体重をかけてきた。藤野は素直に後ろに倒れ、足を開いた。腿を抱えられ、腰が浮く。

「あ」

あてがわれ、反射的に口に拳を当てた。初めての行為に本能的に身体が竦《すく》むが、同じくらい期待もしていて、心臓がものすごい勢いで動いている。

「あ、あ……ん、……」

一度試すように腰を入れて、御堂が顔を覗き込んでくる。藤野はぎゅっと目を閉じた。

「だいじょうぶか？　スイ…」

「ん」

ゆっくりとうずめられる。

「……っ、ん……」

押し開かれて、圧倒的な存在感で中に御堂が入って来る。痛みもあったが、それを上回る甘美な感覚に声が抑《おさ》えられない。

「――あぁ……ん…っ」

奥まで入った。藤野は息をつき、御堂の背中に腕を回した。御堂が感激したように額や頬に口づけてくる。

「すごい、スイの中にぜんぶ入った」

「…も、ぎっちりだ…」

「気持ちいい、イキそう」

はあっと息を吐いて、御堂がつくづくと自分の顔を眺めている。どんな顔をしてしまっているのかは想像がつく。身体中が御堂でいっぱいになって、息もできない。御堂が満足そうな表情を浮かべて、さらに中のものが大きくなるのがわかった。

「スイが俺のものになったって感じがする」

自分が彼の征服欲の対象になっていることが嬉しい。

「おまえのもんだよ」

囁くと、おまえ、という呼びかけに御堂が目を見開いた。口元が嬉しそうにほころんでいる。

「スイ」

「ん」

御堂が手を探してきた。指を絡めると、ぎゅっと握り、頭の上で固定された。

「は――」

御堂が試すようにゆっくりと動き出した。

「痛くない…？」

「ちょっとだけ、でも…、ん…」

溢れて来る感覚が、徐々に快感に変わっていく。萎《な》えかけていたものがまた固くなり、それを確かめて御堂は少しずつ動きを速めた。

「は、……っ、はあっ、は……っ」

抉《えぐ》られ、突き込まれるたびに快感が強くなる。気持ちよすぎて頭のなかが真っ白になった。性感が高まっていき、声を抑えることができない。

「いい…っ」

精神的な充足感が身体の快感につながって、藤野はひたすらそれを貪った。

「ああっ、は、は、……あ、あ…っ、御堂く、…いい、すごい、いい……」

すごい、といい、しか言えなくなって、どんどん速くなる動きに翻弄《ほんろう》され、藤野は何度も絶頂を味わった。

「あ、なに、…っ、あ、あ」

一度達しても、すぐに次がくる。濡れた感触がして、自分がとっくに射精しているのだとわかったが、それとは違う、奥から湧き上がって来るような快感が連続でくる。

なにこれ、と怖くなったが止まらない。

「ああ、ん…」

「スイ…!」

ふっと意識が途切れそうになり、中で御堂が大きく脈動した。自分の名前を呼ぶ愛情に満ちた声に、あ、イッたんだ、と思ったところで限界がきた。

ものすごく、幸せだった。

9

その夏のボーナスは、自転車周りで半分以上が吹っ飛んだ。

悩みに悩んで、結局藤野《ふじの》は乗りやすさを重視した国産メーカーのロードバイクを選んだ。ブルーフレームは御堂《みどう》の愛車とお揃いだ。バイク用のウェアやアクセサリー類までひととおり揃えるとかなりの出費になったが、御堂と何度か遠乗りをしてみて、これはハマりそうだと満足している。

「今度の盆休みには一緒に東北行くんだ」

土曜日の朝、藤野は神林《かんばやし》のロードバイクショップで愛車をメンテナンスしていた。オープンしたばかりで、まだ店内に他の客はいない。

「東北かー、いいなぁ」

長い休みのとれない神林がうらやましげに言った。

「三年の夏合宿が東北だった。日本海の夕日見ながら走るの、最高だったな」

「それ聞いて行きたくなったんだよ。涼しくなったら四人でどっか行こうよ。埜中《のなか》さんもロード買ったんだろ?」

小声で言って、藤野はちらっと埜中のほうを見た。埜中は今日も店のロゴが入ったTシャツ姿で、せっせと店先に小物のワゴンを出している。神林がとたんに照れくさそうな顔になった。

「埜中さんが卒論で忙しくなる前に、計画してみようか」

あのあと二人は無事おつき合いをすることになった。ただし、未だに「埜中さん」「店長」と呼び合っていて、速攻でデキた御堂と藤野と違い、二人はゆっくりとしたペースで関係を深めているようだ。

「いらっしゃいませ」

「おっ、御堂」

自動ドアが開いて、サイクルウェアの御堂が入って来た。グレーのレーサーパンツが引き締まった腿《もも》や臀部《でんぶ》をぴたっと覆い、均整のとれた長身が強調されている。自分の恋人ながら、今日も惚れ惚れする格好《かっこう》よさだ。

「スイ、もう来てたのか」

「司《つかさ》が遅いんだよ」

名前で呼び合う二人に、神林が勝手に照れている。

「じゃあな。また夜に」

「埜中さん、あとでね」

店を出るついでに、埜中にも声をかけた。夜にはみんなで食事しようと約束している。

「行ってらっしゃーい。気をつけて！」

埜中が明るく手を振ってくれた。

「スイ」

「ん？」

それぞれ自分の自転車の前に行こうとしていたら御堂が足をとめた。

「あ、ありがとと」

首に引っ掛けていたアイウェアがねじれていたのをを直してくれたが、その手つきは完全に恋人のものだ。つき合うようになって一番驚いたのは、御堂のこのまったくのノーガードぶりだ。人前だろうがなんだろうが恋人同士だということを隠さない。

人前でいちゃつくのは絶対にごめんだが、御堂の態度はごく当たり前のもので、藤野はそのたびに甘酸《あまず》っぱい気持ちになる。

「行こう」

「ん」

先に走り出した御堂を追いかけて、藤野もペダルを漕《こ》ぎだした。

真夏の日差しが眩《まぶ》しい。御堂が肩越しに振り向いて、藤野は軽く片手を上げた。

結局彼が好きな人

kekkyoku karega sukinahito

1

ＪＡＣＫとネームプレートの入ったウッドドアを開けると、さざめくような談笑の声と低く流れるジャズが藤野《ふじの》を迎えた。

ほのかな間接照明や煙草の匂いに週末の解放感が重なり、全身が心地よくほぐれていく。

学生のころから通っているバーは藤野にとって正しく「ホーム」だった。見慣れた顔、いつもの席、同じ性癖を持った男たちの間ではなにも気にせず自分でいられる。

「スイ」

「よー、久しぶり」

「元気だったぁ？」

カウンターにはまだ誰もいない。常連客はみなボックス席に陣取っていて、入ってきた藤野に歓迎の笑顔を向けてくれた。

「ここんとこ顔見せないで、どうしてたんだよ。もしかしてまた転勤にでもなったのかってみんなで話してたんだぞ」

この店でいちばんつき合いの長い男が、尻をずらして藤野に場所を譲りながら言った。水野《みずの》は四十手前の穏やかな男で、マスターの古い友人だ。この店の客筋がいいのは水野さんのおかげだよな、と藤野はいつも思っている。

「やっと本社に戻れたのに、怖いこと言わないでくれる？　ここんとこ出張続きだったんだよ」

今週も月曜からびっちり一週間の出張だった。おかげで彼氏とも会えていない。

御堂《みどう》とつき合い始めて、もうそろそろ半年が過ぎようとしていた。夏のボーナスで買ったロードバイクも今ではすっかり身体に馴染んでいる。秋口からは連休のたびに遠出していて、気づくとすっかり夜遊びからは遠ざかっていた。

代わりに彼氏とはびっちり一緒だ。

今日も、本当は駅まで迎えにきてもらって、そのまま御堂のマンションに直行する予定だった。が、直前になって御堂のほうに緊急の呼び出しが入って流れてしまった。

ごめんな、とスマホの向こうで申し訳なさそうに謝る御堂に、藤野は「しょうがないじゃん、仕事なんだから」と鷹揚《おうよう》に返した。

がっかりしたが、それはそれとして「そんなら久しぶりにＪＡＣＫに行こう」と考えて一気にテンションが上がったのは、御堂には内緒だ。

「それで？　彼氏とはどんな感じ？」

向かいの席で、藤野と同年代の男がボトルキャップをねじりながら訊いた。

「どんな感じって？」

「うまくいってんの」

広田《ひろた》は理系の大学院生で、小柄で可愛らしい見かけを裏切る肉食系だ。一度だけこの店に御堂を連れてきたことがあるが、そのとき広田はいなかった。他の常連から噂を聞いて、やたらと御堂に興味を持っている。

「あんなカッコいい彼氏とうまくいかないわけないじゃんかー」

御堂と会ったことのある男が横から口を出して笑う。

「あんだけカッコよかったら多少のことは目をつぶっちゃうよなあ、スイ」

「ま、そーなんだろうけどさー。そんで、今日は彼氏は？」

「会う約束だったんだけど、向こうに急用できちゃって」

「浮気だったりして！」

広田がここぞとばかりにイキイキと突っ込んでくる。

「司《つかさ》はそういうのできる男じゃないの」

「そんなのわかんないよ？　そう思って油断してたらさー」

「俺のことはいいから、ヒロ君も早く彼氏つくんなよ」

藤野がいなすと、「うわー、なんなのその余裕！　スイこそずっと彼氏いなかったくせに！」と広田がおおげさに騒ぎ、常連たちがどっと笑った。

「でも、本当によかったよね」

水野が水割りを作りながら穏やかに話しかけてきた。

「同じ男に片想いしてたんだろ？　そりゃあ気も合うよね」

藤野はあいまいに笑って、「気が合うよね」の部分はスルーした。

御堂のことは間違いなく好きだ。

でも自分たちが「気が合う」のは、神林《かんばやし》に関することだけだ、とここ数ヵ月でつくづく思い知らされていた。

「つき合いだして半年くらいじゃまだまだ二人きりがいいんだろうけど、たまには彼氏も連れておいでよ。スイが顔出してくれないと、俺たちだってさみしいし」

「うん、ありがとう」

藤野としても、ときには気の置けない友人たちと一緒に楽しくやりたいという気持ちはあった。でも御堂がいい顔をしない。

「俺はスイと二人きりがいい」

たまには外に飲みに行かない？　と藤野が提案すると、御堂は必ず非難をにじませた声でそう言った。それを可愛い、と思えていたのは、最初のひと月くらいだろうか。藤野はウイスキーを一口飲んだ。

御堂は束縛系だ。

しかもその自覚がない。

お互いのスケジュール管理アプリを同期させようと言われたときには全力で拒否した。予定をすり合わせるためにカレンダーを共有するくらいは許容範囲だが、御堂が提案したのは位置情報も含めた全部のスケジュール管理アプリだ。

恋人同士なんだから当然だろう、というのが御堂の主張で、冗談じゃねえ、というのが藤野の気持ちだ。

位置情報で常に場所確認されるのを「愛されてて嬉しい」と思える人間もいるのだろう。でも藤野はダメだ。

揉《も》めたあげく、「毎日、なにがあったか報告し合おう」ということに落ち着いた。

今のところ、寝る前に恋人とちょっとしたやりとりをするのは楽しいと思えている。でも、どんなに疲れていても、忙しくても、日付が変わる前には連絡しないと、と思うとほんの少し重荷だった。

好きだけど、いずれどこかで破綻《はたん》しそうな気がする。それが今の藤野の偽《いつわ》らざる本音だった。

「スイ、スマホ鳴ってるんじゃない？」

「あ、ほんとだ。ちょっとごめん」

他愛《たわい》のない話で盛り上がっていて、スーツのポケットに入れっぱなしにしていたスマホが着信しているのに気づかなかった。

予感していたとおり、画面には御堂のアイコンが表示されていた。見るとその前にトークアプリで何度もメッセージを送ってきている。

「もしもし」

『スイ？　なんで返事しないんだ』

スマホを耳に当てながら急いで席を立つと、いきなり文句を言われた。

『どうしてもスイに会いたくて、早く仕事終わらせたのに』

むっとしそうになったところで、絶妙な甘さでくすぐられた。御堂は言動がストレートだ。好きだという気持ちを、いつもそのまま差し出してくる。

「ごめん。飲んでて気づかなかった」

『今どこ？』

「えーと、ＪＡＣＫで飲んでる」

思ったとおり、御堂は一瞬不機嫌に黙り込んだ。

『じゃあ今からそっちに行く』

「え、でも司、ゲイバー嫌いだろ。どっかで待ち合わせしようよ」

『いい。すぐ行くから待ってて』

ちょっとでも早く会いたい、というのが伝わってくる。

自覚のない束縛系だが、そのぶん御堂は愛情の出し惜しみをしない。つき合うようになってから、藤野は一度も恋人の気持ちを疑ったり不安になったりしたことがなかった。それはたぶん、ものすごく贅沢《ぜいたく》なことだ。

「じゃあ、待ってるね」

自然に藤野の声も柔らかくなった。

「彼氏?」

「うん。仕事終わったから今からこっち来るって」

席に戻って言うと、広田が「マジ?」とはしゃいだ声をあげた。なんでおまえが喜んでんだよ、と他の常連に突っ込まれている。

「だって、スイの初めての彼氏、興味あるじゃーん?」

広田がなにかと絡んでくるのは学生時代からだ。広田いわく「僕とスイってキャラかぶってるじゃない?」で、顔面偏差値のぶんだけ僕は不利、と勝手にライバル認定してくる。いつものことなので藤野は受け流した。

それにしても御堂は「彼氏」なんだな、と藤野は当たり前のことをかみしめて、妙にしみじみした。

出会った当初は御堂のことは「なんだか変なやつだな」としか思わなかった。変に頑固で融《ゆう》通《ずう》が利かず、藤野にとっては一番ソリが合わないタイプのはずだった。それが神林のよさをわかるという一点で意気投合し、だんだん御堂の率直さ、嘘のなさに惹かれていった。

「あ、来た」

そしてやっぱり恋人は見た目の好みも重要だ。しばらくして店のドアが開き、御堂が入ってきたのを見て、藤野は素直にときめいた。

藤野は昔から顎《あご》の線の強い男が好きだった。

神林も御堂も、耳から顎のラインが男らしく、力強い。神林は頬骨が張っていて、ぎょろっとした目や太い眉のせいで女子受けしなかったが、御堂の場合はわかりやすく美形だ。さらにセンスがいい。

一週間ぶりの恋人を目にして、藤野は「俺の彼氏って、超カッコいいな？」と今さらびっくりした。

「スイ」

秋らしいチャコールグレーのシャツにビジネスユースのリュックを肩にかけ、御堂はすぐ藤野に気づいて近寄ってきた。

「え、あれが彼氏？」

「うん」

広田がうわずった声で訊いてきて、藤野は得意でたまらない気持ちが顔に出ないように気をつけながらうなずいた。

「こんばんは」

御堂は店中の視線を引きつけて藤野たちのいるボックスシートまで来ると、さらっとみんなに挨拶《あいさつ》した。

「こんばんは、御堂君。お久しぶり」

「どうぞ、座って」

「おい、御堂君はスイの横だろ」

わいわい盛り上がる周囲をよそに、御堂は藤野の隣に座ると、嬉しそうに「会いたかった、スイ」とつぶやいた。

一瞬、全員がしんと静まった。

「ちょっとちょっと」

「もー、こっちが照れちゃうよ！」

どっと冷やかす声がはじけ、藤野は頬が熱くなった。

「あ、ごめん」

御堂も珍しく赤面して、慌てたように謝った。

「いやいやいや、つき合って半年とかじゃまだまだ盛り上がってるころだもんねえ。ついそうなっちゃうよ」

水野が笑いながら場をなだめた。

「御堂君は何飲む？　水割りだったらボトルあるけど」

「じゃあお願いします」

「腹は？　減ってない？」

藤野がそっと訊くと、御堂は「出先で食ったから」と小声で答えた。なにげないやりとりだが、俺たちってつき合ってるんだな、と実感する。照れくさいけれど、彼氏と友達とでなごやかに酒を飲めるのはやっぱり嬉しい。

しばらくみんなになれそめや互いの印象などインタビューまがいにつつきまわされて、御堂は精いっぱいの社交性を発揮していた。基本的に御堂は冗談を解《かい》さない。酒が入っていることもあり、きわどい質問が飛ぶたびに藤野は内心ひやひやした。下ネタは御堂の不得手《ふえて》分野だ。

「すみません、ちょっと失礼します」

新しい客が入ってきたのを潮《しお》に話題が変わり、御堂がほっとした様子で手洗いに立った。疲れさせちゃっただろうな、と藤野は少し申し訳ない気持ちになった。

「俺も煙草行ってくる」

そろそろ帰ろうと声をかけるために、藤野もそのあとを追った。

「……？」

手洗いは出入り口の奥まったところにあり、そこから御堂の声が聞こえてきた。仕事の電話でも入ったのかと思いかけたが、もう一人の声もして、藤野ははっと足を止めた。

「俺はスイ以外に興味ないから」

相手が何か言うのを、御堂がばっさり切り捨てた。背中が凍るような冷たい声に、藤野はどきっとして慌てて踵《きびす》を返した。

誰かが御堂をこっそり口説《くど》いていた。むかつきながら席に戻って確認すると、広田がいない。

「スイ」

すぐに御堂が一人で戻ってきた。顔つきが厳しい。

「そろそろ行こう」

「あ、うん」

耳打ちするように言われ、藤野は腰を浮かせた。

「ごめん、俺たちそろそろ帰るね」

「あーはいはい」

「一週間ぶりだもんねー」

「素直に羨《うらや》ましいッ」

陽気に冷やかされながら店を出ようとして、手洗いから出てきた広田とすれ違った。目が合うと、気まずそうに笑って肩をすくめている。御堂は不愉快そうに顔をそむけた。

「さっきさ、もしかして広田君となんか揉めてた？」

店を出てから、藤野は言葉を選んで御堂に訊いた。御堂は眉間にしわを寄せた。

「あの人、テーブルの下でずっと俺の足つついたりしてきて、なんなんだろって思ってたら、トイレで待ってて、スイってそんなにいい？　とか違う味に興味ない？　とか言ってきて」

やっぱりか、と広田にむかっとしたが、御堂は藤野以上に憤慨《ふんがい》していた。

「俺がスイとつき合ってるの知ってるのに、あの人なんであんなこと言ってくるんだ？　信じられない」

広田はたぶん、軽くちょっかいをかけただけのつもりだ。ゲイバーの常連仲間の間ではままあることだが、広田は以前から面白半分に他人の仲をひっかきまわすので眉をひそめられていた。ちょっとした駆け引きを楽しんで、うまくいけば面白いことになるかも——くらいに思っていたのに、あそこまですっぱり言い切られて、広田はさぞ面食らっただろう。

——俺はスイ以外に興味ないから。

つけこむ隙など一切ない、きっぱりした御堂の声を思い出すと胸がすかっとして、同時にやっぱり好きだな、と強く思う。

「ねえ、今日俺のとこ泊まっていく？」

駅のロッカーからカートを引き出し、藤野は後ろに立っている御堂を振り返った。今すぐ二人きりになりたい。

「ここからだったら俺んちのほうが近いだろ」

「うん」

意図を察して、御堂は面映《おもは》ゆそうに瞬きをした。

「俺が持つ」

ロッカーから出したカートに御堂が手を伸ばした。

「え、いいよ」

「俺は荷物これだけだから」

リュック一つの御堂に対して、藤野はビジネスバッグのほかに出張土産の紙袋もある。

こんなふうに荷物を持ってくれたり、出入り口で先を譲ってくれたり、ちょっとしたことだが、御堂はいつでも藤野を気遣ってくれる。さっきも藤野の顔をつぶさないように、本当は嫌いな下ネタに我慢してつき合ってくれた。

「ありがとう」

ほんのりとした幸せに包まれ、藤野は御堂と並んで改札に向かった。

2

やっとスイと二人きりになれた。

玄関のドアが閉まると、御堂《みどう》は鍵を閉めている藤野《ふじの》を後ろから抱きすくめた。

「スイ」

藤野の手からビジネスバッグが落ち、藤野は正面を向いて抱きついてきた。髪にかすかな煙草の匂いがする。嫌いだったはずの匂いに官能を刺激され、御堂は藤野を強く抱きしめた。

「司《つかさ》」

甘いハスキーボイスが耳をくすぐり、藤野の手も御堂の背中に回ってくる。

軽くかがんで唇を重ねると、濡れた舌が口の中に潜り込んできた。焦《じ》らすように唇の裏側を尖《とが》らせた舌先がなぞり、それからゆっくりと御堂の舌に絡んでくる。藤野のキスは技巧的だ。

「……ん……」

目を閉じて深い口づけを交わしていると、嬉しいはずなのに、藤野の巧みな舌遣いに、ここ最近抱えているわだかまりが急に重く胸を圧迫してきた。

スイがこんなにキスが上手いのは、他の男とたくさんしたからだ。――くだらない嫉妬だ。過去の男のことを気にするなんて、神林《かんばやし》なら絶対しない。

わかっているのに引っ掛かるのは、藤野がよそ見をしそうでいつもひやひやしているからだ。交友関係の派手な恋人がそのうち別の男に興味を移してしまうんじゃないかと御堂はずっと気が気ではなかった。

今日も、藤野に会いたくて緊急メンテを全力で片づけたのに、連絡してみると藤野はいきつけのゲイバーで飲んでいた。

ものすごくモヤモヤした。

長年神林に片想いしていたのは御堂と同じだが、藤野はそれはそれとして遊んでいた。最後までしたことはなかった、おまえだけだ、と言われて死ぬほど嬉しかったけれど、このところ「でも他のことはいろいろ経験済み、いろんなオトコと」とつまらないことを考えてしまう。

ぱっと人目を引く華やかな容姿も、ほがらかで明るい性格も、御堂から見て藤野がモテるのは当然だと思う。それだけに心配で、ついつい干渉してしまう。恋人なんだからこのくらいのことは許されるはずだ、という気持ちもある。しかし藤野には毎回全力で拒否された。

今日も「会えそうだ」と息せききって連絡したのに、藤野の反応は鈍《にぶ》かった。何度メッセージを送っても既読にもならず、やっと電話に出てくれたと思ったら声が面倒くさそうで、御堂はかなり凹《へこ》んだ。

それでも「スイに会いたい」という欲求には抗《あらが》えず、わざわざ店まで迎えに行った。正直、ゲイバーは嫌いだ。煙草の煙が充満し、品のない話題で盛り上がる、あんなところで時間を費やすのは人生の無駄だとしか思えない。でも藤野は楽しそうに常連たちと歓談していて、もし神林なら屈託《くったく》なく一緒に飲むはずだ、と考えて、乏《とぼ》しい社交性を総動員して精いっぱい頑張った。

「ねえ」

ひとしきりキスを交わし、藤野が甘えるように見上げてきた。長い睫毛《まつげ》にふちどられた蠱惑《こわく》的《てき》な瞳が玄関の明かりを反射している。本当に綺麗な男だ。

とはいえ御堂の本当の好みはもっと武骨なタイプだし、ここまで綺麗な顔をしていなかったらこんなに心配しなくてすむのに、というのが御堂の本音だ。そしてこんなふうにいちいち不安にかられる自分が情けなかった。神林ならそもそもこんなことで思い煩《わずら》ったりしないだろう。

「広田《ひろた》君のこと、すぱっと切ってくれたの、嬉しかった」

藤野が甘く囁いた。

一瞬、広田というのが誰なのか思い出せなかった。

「広田って？ …ああ」

ちょっと考えて、やっと思い当たった。御堂が手洗いに行くのを待ち構えるようにしていた小柄な男だ。テーブルの下でしきりに足をつついてきていたのも同じ男で、意味がわからず困惑した。

「あの人、スイと付き合ってるの知っててなんであんなことするんだろ」

思い出すとまた腹が立ってきた。

「知ってるからだよ」

憤慨《ふんがい》した御堂に、藤野がおかしそうに笑った。

「司が俺の彼氏だから、誘惑したの」

誘惑、と言うとき、藤野の唇がことさらゆっくり動いた。それに気を取られながら御堂は首を傾《かし》げた。藤野の言っている意味がよくわからない。

「どういうこと？」

「よくあることなの。男を盗《と》った盗られたって揉《も》めるのもお愉《たの》しみっていうか」

藤野がやや気まずそうに言って肩をすくめた。

「俺の彼氏ってのにまず興味があって、そんで司がカッコいいからちょっかいかけてみたくなったんだよ」

つき合ってるのを知った上で誘惑する——しかもそれをちょっとしたお愉しみ、というようにとらえる感覚に、御堂は唖然《あぜん》とした。ぜんぜん理解できない。

「スイは平気なのか？」

「ん？」

「俺が、その、誘惑されても」

「そんなわけないじゃん」

上がって、と促《うなが》しながら、藤野は困ったように笑った。

「じゃあ俺があの店に一人で行っても平気？」

「司が一人で急に行き出したら、そりゃなんか嫌だよ。けど俺は昔からの行きつけだし、あの連中とどうこうなるとか今さらないから、少なくともＪＡＣＫに行くのは心配しないで」

行きつけだろうが昔からのつき合いだろうが、「盗った盗られた」を面白がるような価値観の世界に馴染んでいるというだけで、御堂は胸にもやもやとしたものが湧いてくる。

「スイ…」

「シャワー、一緒にしよっか」

この件についてはちゃんと話をするべきだ、と口を開きかけたが、藤野は浴室の電気をつけながら、いたずらっぽい顔で振り返った。

「俺、今、めちゃエロい気分」

「……」

ちらりと舌先を出して見せた藤野に、いきなりなにもかも吹っ飛んだ。

「ねえ、これ脱がしてよ」

スーツの上着を放ると、藤野は緩《ゆる》んだタイの結び目を指先で引っかけるようにしながら御堂の前に立った。少し首をかしげてこっちを見る目つきが凶悪に色っぽい。

ややこしい話はぜんぶあとだ、と御堂は恋人のタイを抜き、ワイシャツのボタンを外すという世界で一番楽しい作業にとりかかった。

ボタンを外すごとになめらかな肌が現れ、ほの赤い乳首がのぞく。早くこれをなんとかしたい。スラックスからシャツを引き抜き、ベルトを外して、それから。

「濡れてる」

いきなり手を入れる代わりに、指先でそっと中を探ると、藤野の顎《あご》が上がった。唇が薄く開いて、えっち、と笑った。

「触り方が、やらしい」

固くなったところがぬるっと指に触れる。

「嫌?」

「まさか」

耳元でひそやかに笑いながら、藤野の手も御堂のボトムの中に入っている。

「おっきいな」

舌足らずに言うのは絶対にわざとだ。

「スイ…」

「シャワーしよ」

口の外で舌だけ絡める前戯《ぜんぎ》のキスをしながら、残りをおのおの自分で脱いだ。藤野は肌が白い。肌理《きめ》が細かく不健康な感じはしないが、それだけに好んで穿く黒のビキニが反則すぎる。この前は黒のTバックを穿いていて、「このままヤッて」と懇願《こんがん》された。藤野はちょっと強引にされるのが好きだ。

リクエスト通り、下着のまま後ろから犯すようにしたらものすごく興奮して、終わったあとしばらく放心していた。下着をつけたまま射精すると黒い布地に精液が滴《したた》って、いやらしいことこの上なかった。

「黒の下着って本当に…」

思い出して、ついごくっとのどを鳴らしてしまった。

「うん?」

「すごいな」

どう表現していいのかわからず言うと、藤野がまた声をたてずに笑った。今日もスラックスの下は黒のビキニで、「脱がしてよ」と甘くささやいてきた。

「……」

細いサイドに指を入れて、ゆっくり引き下ろす。手入れされたアンダーヘアももうぐっしょり濡れていて、勃起の先端から布地に透明の糸がつながっていた。やばい。

「ん」

指先で濡れ切った先端を丸く愛撫すると、藤野はぎゅっと目を閉じて御堂の腕にすがってきた。

「つかさ」

湿った声がもっと、と愛撫をねだる。

「ふ…っ、…あ、いき、そ……っ、あ、あ」

藤野は壁に背を預け、半裸で立っている。下着は腿《もも》のあたりで引っ掛かり、足が十分開けない。

「——…あっ…」

片手で藤野の顎をつかんで顔をあげさせた。激しく口づけ、濡れて震えている性器を追い立てる。そうしながら自分のものも握らせた。藤野の手が絶妙の力加減で触れ、じん、と快感が広がる。

「つかさ、…って、待って、イクから……っ」

切羽詰《せっぱつ》まった声に、いったん愛撫する手を止め、代わりにさっきよりも深いキスをした。口の中を犯すように、舌先で口の中をかきまわす。藤野の顎に唾液《だえき》と汗が流れた。

「もー…だめ」

はあはあ息を切らして、藤野が御堂の首に腕を回してきた。

「司って、なんでそんなにえっち上手いの…？　いっつも途中でわけわかんなくさせられる…」

「スイがエロいからだろ」

目の前に最高に美味《うま》そうなご馳走《ちそう》があれば、本能的にできるだけ残さず食べたくなるものじゃないかと思う。初めてのときから、藤野には「したことないとか、嘘だろ」と驚かれたが、御堂に言わせれば藤野のほうが煽《あお》る天才だ。

「俺たちって、たぶんこっちの相性は抜群だよね」

耳もとで藤野が笑った。

そのあと一緒にシャワーを浴びて、身体を拭《ふ》くのももどかしくベッドにもつれ込み、一週間分を取り返す勢いでむさぼり合った。

もう挿入行為にすっかり慣れて、藤野の身体はちょっと指を入れただけで柔らかくなる。自分のかたちを覚えているように吸いついてくる感覚に我を忘れた。

——俺たちって、たぶんこっちの相性は抜群だよね。

二回連続でセックスして、藤野は気絶するように寝入ってしまった。御堂は楽なように寝かしてやりながら、ふと藤野の言葉を思い出した。

御堂はほかの男を知らない。だから藤野のその感想がどの程度当たっているのかジャッジできない。藤野がそう言うのなら、きっとそうなんだろうと思うだけだ。

「…こっちの相性はいい、か」

つまり、他の相性はよくない、と思っているということだ。

自分たちは合わない。

確かにそうだ。

もともと藤野は苦手なタイプのはずだった。遊び慣れていて華やかで、わがままが似合う綺麗な男。

実際の藤野は案外人に気を遣うし、身勝手なところもない。でもきらきらしていつも人の中心にいる藤野がいつどこに行ってしまうかわからなくて心配だった。地味で内向的な自分には手に負えそうもない。でもどうしても離したくなかった。

藤野を起こさないようにそっとベッドから降りて、御堂は脱ぎ散らしていた服を拾って片づけた。

お互い一人暮らしなので週末はどちらかの部屋で過ごすことが多い。クロゼットを開けると、置かせてもらっている部屋着を出し、折りたたんで収納しているマットレスを引っ張り出した。

キャンプ用だが、毛布と枕は少しいいもので、御堂の部屋にも藤野のためにそっくり同じものがある。

「ん?」

ベッドの下に寝床を作っていて、床に落ちていた藤野のスマホに気がついた。スーツのポケットから滑り出ていたようだ。

踏んだりしなくてよかった、と拾い上げ、いつも藤野が置いているベッド脇の棚に乗せようとしたときに、トークアプリがポップアップを表示した。

『三輪《みわ》からそっちに連絡いった? 早めに日程調整しねーとすぐ年末になるよなー』

アイコンはビールグラスで、アカウント名は「りょうた」だ。

それが誰なのか、御堂は知らない。三輪という名前にも聞き覚えがなかった。当然、なにを日程調整しようとしているのかもわからない。

御堂はスマホを棚に置いた。藤野はこちらに背を向けていた。裸の背中が寒そうだ。毛布を肩まであげてやると、うん、と小さく声を洩らしたが、すぐまた軽い寝息をたてはじめた。まぶたに薄く静脈《じょうみゃく》が浮いていて、睫毛は驚くほど長い。本当に綺麗な男だ。

この寝顔を見た男は、どのくらいいるんだろう。

つき合うようになっても、自分のほうが圧倒的に好きで、愛情の天秤《てんびん》は傾きっぱなしだ。そのこと自体は別にいい。片想いには慣れている。

ただ、もう少し自分のほうだけ見ててほしいと願うのは贅沢《ぜいたく》なことなんだろうか。

俺はスイにしか興味がないのに。

3

『三輪《みわ》からそっちに連絡いった？　早めに日程調整しねーとすぐ年末になるよなー』

トークアプリを開いたままのスマホを端に寄せ、藤野《ふじの》はランチのトレイをテーブルに置いた。アイコンのビールグラスを眺めて、思わずため息を洩らしてしまう。

十一時からオープンするデリカフェは自社ビルの一階に入っていて、社員証のＩＤ決済で食事ができる。社員食堂の扱いだが社外の人にも開放しているので、安くて栄養バランスのいいランチが食べられる、と近くの会社員にも人気のようだった。あと十分もすれば厨房《ちゅうぼう》前のカウンターには人がずらっと並ぶはずだ。

今日は予定していたミーティングが流れ、藤野は一人で早めの昼休憩に入っていた。グラスの水を一口飲んで、藤野はスマホを手に取った。

良太《りょうた》からのメッセージに、藤野はクラスのグループトークに移動しようとスタンプで返信している。この直後、いつの間にか目を覚ましていた御堂《みどう》に「りょうたって、誰？」と訊かれた。

週末の喧嘩の発端《ほったん》を思い出すとまた苛立ちがこみあげてくる。それは自分に対するものでもあった。

なんで俺、すぐ腹立てちゃうんだろ。司《つかさ》はただ「誰?」と訊いただけなのに。

もともと気が長いほうではないが、そこまで短気なわけでもない。それなのに、なぜか御堂と話していると衝突してしまう。

高二のときのクラスは仲が良く、今でもしょっちゅう口実をつくっては集まっていた。ビールグラスのアイコンを使っている岸田《きしだ》良太は飲み会好きで、神林《かんばやし》に彼女ができたことを聞きつけて、さっそくお祝いしようぜと仲間内で呼びかけていた。

寝起きで頭がはっきりしないままスマホを手に取っていた藤野は、ベッドの下のマットレスで寝ているとばかり思っていた御堂が突然話しかけてきたのでびっくりした。

今思えば、藤野のその反応に、御堂は「なにかやましいことでもあるのか」と誤解したのかもしれない。

誰? ときつい声で重ねて詰問《きつもん》されて、藤野は藤野でむっとした。おはようもナシでなんでいきなり不機嫌なんだよ、と思うと素直に返事ができなかった。そもそも「りょうたって、誰?」という質問こそなんだ。勝手にひとのスマホ見てんのかよ、と反発した。あとは売り言葉に買い言葉だ。

「勝手にひとのスマホ見るな」「ポップアップが目に入っただけだろ」「俺なら見ない」「スイは俺に興味ないからそうだろうけど、俺は気になるんだよ」…で、喧嘩になった。

口喧嘩になれば藤野の方が有利で、御堂は途中であきらめたように黙って着替え、部屋を出て行ってしまった。

今まで何度も同じようなことでぶつかったが、喧嘩したまま別れたことはなかった。

ドアが閉まり、御堂の足音が聞こえなくなってすぐ猛烈に後悔した。追いかけようかと思ったが、藤野の部屋は会社の借り上げマンションで、同僚も住んでいる。万一揉《も》めているところを見られたら、と思ってためらった。窓から見ていると、御堂は駅のほうにまっすぐ歩いて行って、藤野の「こっち見てよ」という念は通じなかった。

こういうの、時間が経《た》てば経つほど謝りにくくなるんだよな…と藤野はどんよりスマホを眺めた。週末、何度も「ごめん」とメッセージを送ろうとしたが、「俺だけが悪いのか？」という幼稚な気持ちもあって、どうしても謝る踏ん切りがつかなかった。御堂のほうもうんともすんともいってこない。

意地の張り合いでそのまま自然消滅になってしまった、という話はよく耳にする。それで終わるならそれまでの関係だったんだろ、と他人のことでは軽く考えていた。……俺たちも、そうなるんだろうか？

終わりを想像すると身体の芯が冷え冷えとした。

食欲はないがとりあえず食わないと、とスマホをポケットに入れようとして、ついでに高校のグループトークをチェックした。「神林の初彼女を祝う会」の相談は着々と進行している。

神林は照れつつもみんなに祝福されて嬉しそうだ。彼女も連れてこいよ、と提案されて「埜中《のなか》さんに訊いてみるけど、いきなり知らない人ばっかりのところだと気を遣うだろうから、ほぼほぼナシだと思ってて」と返している。

つき合い始めたのは同じ時期なのに、喧嘩ばかりしている自分たちと違って、二人は相変わらず仲がいい。神林は俺みたいにつまらないことで腹を立てたりしないもんなあ…と考えるとへこんだ。

神林たちとは、ときどき四人で会っている。埜中さんは親友だと紹介されていた二人がゲイで、最近つき合い出したところだと知って目を丸くして「ゲイのかたっておしゃれでかっこいい人多いみたいですもんねえ」などといって納得していた。さすがに二人して神林に片想いしていた件は伏せているが、もし知ってもあの子なら「店長、もてるんですねえ！」と感心するだけで嫌がったりはしなさそうだ。おおらかで小さなことにこだわらないところが神林とよく似ている。

秋口には四人でツーリングにも出かけ、二人と別れたあと、御堂と一緒に「やっぱり神林は最高だったな！　そして埜中さんもいい子だ」と盛り上がった。お互い完全にファン目線になっていて、そのことでも笑った。

ツーリング、楽しかったな…と思い出していると、急に御堂の顔が見たくなった。

トークアプリを閉じて写真フォルダをあけると、御堂の横顔が現れた。御堂の部屋で、パスタを作ってくれたときの一枚だ。俺あんまり料理できないから期待しないで、と言いながら真剣な顔で玉ねぎを切っていた。

ベーコンと玉ねぎを炒めてトマトホールを煮詰めただけのソースに、少し茹《ゆ》ですぎたパスタ。でも美味《おい》しかった。スイ、と呼ぶ声が聞きたい。

考えていると急に御堂に会いたくてたまらなくなった。

意地を張って自然消滅なんてことになったら絶対に後悔する。修復するなら早いほうがいい。

「ここ、いいですか?」

謝ろう、と決心してスマホを持ち直していると、誰かがテーブルの向かいに立った。

「どうぞ」

八人掛けのテーブルで、藤野は端から二番目に座っていた。グループでやってくるなら端にずれようか、となにげなく顔を上げ、藤野はえっ、と驚いた。

「司?」

御堂は珍しくスーツだった。いつものかっちりした型のリュックを肩にかけ、片手でトレイを持っている。気まずそうな表情に、藤野は慌てて笑顔をつくった。胸がとくとく気持ちよく跳ねる。

御堂は無言で小さく会釈《えしゃく》して座った。

いつの間にかカフェは人が増えていて、藤野の隣にパンツスーツの女性が二人やってきて、御堂の側にも彼女たちと同じ年恰好の女性が座った。通路を隔《へだ》てた隣のテーブルには同じ会社の顔見知りもいて、込み入った話はしづらい。御堂が食べ始め、藤野もとりあえず箸《はし》をとった。司が来てくれた。

さっきまでまるで食欲がなかったのに、御堂が目の前にいるだけで気分が上がり、藤野は冷めたコンソメを一口飲んだ。サラダもチキンも急に美味《うま》そうに見える。

なにか話しかけたくてちらちら見ると、御堂もこっちを気にしていた。目が合うたびに嬉しくて、でも隣の女性グループが明らかに自分や御堂を意識していたので話しかけられなかった。たまたま居合わせたふうに向かい合っているのに、いきなり知り合いの会話を始めるのは不自然だ。

場所を変えよう、とさりげなく目配せすると、こつ、と靴先になにかが当たった。御堂がテーブルの下で合図してきたのがわかり、藤野は口元が緩んだ。

何食わぬ顔で靴先でつつき返すと、御堂もほのかに笑顔を浮かべた。御堂が食事のスピードを上げ、藤野も急いでそれに倣《なら》った。

先に席を立ち、トレイを返却口に戻して、藤野はゆっくりカフェを出た。ビルのエントランスで待っていると、すぐ御堂が追いかけてきた。

「時間、ある?」

「うん、三十分くらいは」

目を見かわすと、それでわだかまりはすっかり消えていた。

「そこでコーヒーでも飲もうか」

受付のすぐ横に待合スペースがある。自動販売機でおのおの飲み物を買って、ベンチシートに座った。ランチタイムの真っ最中で、他には誰もいない。

「あのさ、この前はごめんな」

藤野が切り出すと、御堂はいや、と首を振った。

「俺のほうこそごめん。もうスイのスマホ絶対見ない」

いろいろ考えてきたらしく、御堂は誓《ちか》うようにきっぱりと言い切った。

ポップアップが表示されていたら、目に入ってくるのはしかたがない。自分が責めたことのほうが理不尽だった、と後悔していた藤野は、慌てて「ごめん」と重ねて謝った。

「言いがかりみたいな難癖《なんくせ》つけて、俺のほうが悪かったよ」

御堂は少し目を見開き、それから緊張が解けた、というように肩から力を抜いた。よく考えてみれば、あんなふうに喧嘩別れしたあと、こうしてわざわざ足を運んでくるのには勇気が要《い》っただろう。何度も謝ろうと考えていたのに、幼稚な意地を張ってためらってばかりいた自分が恥ずかしくなった。

「あのさ。良太っていうのは高二のときの友達で、神林も同じクラスで仲良くて、今度みんなで飲みに行こうって相談してたの」

こうやって普通に話せばいいだけだったのにな、とそのことにも改めて反省した。

「神林に初めて彼女ができたって話を良太が聞きつけて、そのお祝いにかこつけてみんなで集まろうぜって。二年のときのクラス、今でも仲いいから、なにかって口実作っちゃ飲み会してるんだ」

「三輪っていうのは？」

「それも同じクラスの仲良かったやつ。良太と三輪がバスケ部で、俺と神林が陸部で、二年のときはだいたい四人でつるんでた」

御堂は頭の中でメモでもとっているようにじっと聞いていた。

「スイの高校のときの友達で、今もよく会ってるのは部活仲間と、二年のときのクラスだけ？」

「んー…まあそうかな」

「大学は？」

「ゼミが一緒だったやつらとは年に一回くらい集まってるよ」

「その中で特に仲いい人いる？」

「菱川《ひしかわ》と、宮田《みやた》。なあ、もう止《や》めよ。なんか俺、取り調べ受けてるみたいじゃん」

次々に質問されて内心鼻白《はなじろ》んだが、それが顔に出ないように藤野は笑って切り上げようとした。

「ごめん」

御堂は前のめりになっていた自分に気づいた様子で、恥ずかしそうに顎《あご》を引いた。

「いや、いいけどさ。俺の友達になんでそんな興味あるの？」

「スイの友達なら興味あるよ」

「でも俺がみんなで飲もうよって誘ったら、絶対いい顔しないよな」

「そんなことは…ないけど」

「二人きりがいいっていつも言うじゃん」

厭味《いやみ》な口調にならないように気をつけたが、御堂は具合悪そうに手の中のドリンクに視線を落とした。

「スイは友達多いな」

「まあ、俺はみんなで騒いだりするのが好きだから。俺だっておまえと二人きりで会いたいけど、たまには友達とも飲んだりしたいし、仕事のつき合いだってあるだろ？」

「そういうの、俺に話すの嫌？」

御堂が遠慮がちに訊いた。御堂も喧嘩にならないように気を遣っている。

「そんなことないよ。でもいちいち全部話せないじゃん」

「俺はスイのこと、全部知っときたい」

「……」

スケジュール管理アプリを同期させたい、と言われたときと同じような拒否感が湧いた。

「ただ知りたいだけなんだ」

思わず黙り込んだ藤野に、御堂が慌てたように早口になった。

「なんで」

「恋人のことをぜんぶ知りたいって思うのは普通のことじゃないのか？」

「俺には普通じゃないよ。自分の友達と遊んだり同僚と飲みに行ったりするのに、いちいちおまえの許可とるのなんかごめんだ」

「許可とれなんて言ってない」

「でも誰といつ会うのか報告しろってことだろ？」

「報告とかじゃなくて、普通に話してくれたらって…」

「つまり報告じゃん」

「違うって」

なにが違うんだ、と反発心が湧いてきて、藤野はぐっと奥歯をかみしめた。御堂の言いたいことはわからなくもない。でも自分の感覚とはどうしてもフィットしなかった。毎日その日あったことを報告し合うというのも、本当は抵抗がある。

御堂は手の中のドリンクをじっと見つめてしばらく黙り込んだ。

「スイには俺の気持ちはわからない」

ぼそっと呟かれて、どういう意味だよ、と腹が立った。

「そんなのお互いさまだろ」

きつい声で言い返すと、御堂がなにか言いかけてやめた。

せっかく来てくれたのに、すごく嬉しかったのに、なんでこうなっちゃうんだろう、と藤野は自分が嫌になった。

「ごめん。もう行かないと」

なんとか軌道修正しようと言葉を考えていると、御堂が突然立ち上がった。

「え？　ちょっと待てよ」

慌てて引き留めようとしたが、御堂はリュックを肩にかけてもう歩き出していた。

「待てって」

なんだそれ、と強引に腕をつかむと、御堂に振り払われた。

「スイと喧嘩したくない」

目が合って、御堂がなにかをこらえるように言った。藤野はそれ以上引き留められなかった。

御堂がビルの外に出て行き、藤野は無意識にため息をついた。俺だって喧嘩なんかしたくない。なのに、結局はこれだ。

やっぱり俺たちはうまくいかないのかもしれない。

ベンチシートに御堂が買ったドリンクが未開封のまま残されていた。

4

「おー、御堂《みどう》！」と神林《かんばやし》が手を上げた。

神林の行きつけのレトロな喫茶店は、駅前の商店街の中ほどにある。鉄板に乗ったナポリタンやチェリーが浮かぶクリームソーダが出てくるような古めかしさだが、なんか落ち着くんだよな、と神林は大学時代からここを気に入って贔屓《ひいき》にしていた。

金曜の夕方で、店には年配の男性客が二人ほど、それぞれボックス席を占領してのんびり新聞を広げているだけだった。

「久しぶりだな、御堂」

神林は着古したトレーナーにデニムといういつもの恰好《かっこう》で、目玉焼きの乗ったハンバーグを食べているところだった。

御堂は昔から落ち込むと無性に神林の顔を見たくなる。予定していた訪問先がひとつキャンセルになり、思いついて連絡してみると神林は今日は休みで、「夜から飲み会だけど、中途半端に時間が余ってるから飯食ってるとこ。おまえも来る？」というのでやってきた。

神林のアパートは大学から近いので、御堂は講義の時間調整にしょっちゅう遊びに行っては、この喫茶店で一緒に腹ごしらえをしていた。

「注文は？」

顔馴染みのマスターがカウンターから首だけだして訊き、御堂も「ホット」と雑に答えた。

藤野《ふじの》のところに泊まりに行って揉《も》め、修復したくて会社まで行ったのに、また気まずくなって数日経《た》った。気づくともう金曜になっている。何度もメッセージを送ろうとしたがどうしても勇気が出なかった。

このところ、会うたびに喧嘩になる。だんだん関係が悪化していくようで不安だった。次に衝突したら別れたいと言われそうな気がする。それだけは避けたい。でも一方で「仕方がない」というあきらめの気持ちもわずかに湧いてきていた。

藤野と自分は決定的に合わない。それは初対面のときから直感していたことだった。

「どした、元気ないな？」

神林は一口で目玉焼きを終わらせ、御堂のほうを見やった。

「そんなことないよ。ちょっと疲れてるだけ。それに神林の食べっぷり見てたら元気出る」

ライスを豪快に口に運んでいた神林が「なんだそりゃ」と笑った。

勢いで片想いしていたことをバラしたあと、神林はさすがに困惑している様子だった。が、生来のおおらかさでもうすっかり以前の気安い空気に戻っている。

神林は小さなことに拘泥《こうでい》しないし、つまらないことで思い悩んだりもしない。

大きな口でわしわしと定食をたいらげる神林を眺め、やっぱり神林はいいな…と御堂はしみじみ憧《あこが》れをかみしめた。

そして、スイが本当に求めているのは神林のような男だ。

「おまえ、もう仕事終わり？」

サラダまで完食してから、神林が訊いた。時計を見ると五時を回っている。

「うん。今日はもういいかな。今急ぎのタスク入ってないし」

「相変わらず自由でいいよなあ。あ、そんなら飲み会、おまえもまざるか？　高校のときのツレと集まるんだけど藤野も来るし」

「それ、もしかして神林の初彼女を祝う会？」

「藤野から聞いてるか」

神林が照れくさそうに顎《あご》のあたりを掻《か》いた。

「埜中《のなか》さんも一緒にって言われたけど、やっぱちょっと恥ずかしいし、埜中さんも緊張するっていうから今回はパスで、まあ普通の飲み会だ」

「三輪《みわ》」とか「良太《りょうた》」とかが来るんだな、と御堂は藤野が話していたことを思い出した。

「神林は、埜中さんと喧嘩とかしない？　いつも意見一致する？」

声が暗かったらしく、水を飲もうとしていた神林が「ん？」と顔を上げた。

「藤野となんかあったのか？」

「なんかっていうか…、俺たちはあんまり意見が一致しないから。完全に意見が一致してるのは神林がいい男だってことくらいで」

水を飲みかけていた神林が、ぐ、と変な声を洩らした。

「おまえらの意見は何回聞いてもたまげるな…」

神林はびっくりした顔のまま気が抜けた声で笑った。

「まあいいや。あとちょっとしたら藤野も来るから、このまま一緒に飲みに行こうぜ」

「え、スイ、ここに来るのか？」

「おまえが来るってなったあとで、藤野からも出先で直帰《ちょっき》になったから合流しようって連絡きたんだ」

一瞬「スイに会える」とテンションが上がりかけたが、御堂はすぐ自分を抑えた。

「俺は行きたいけど、スイが嫌がると思う」

「へ？　なんで」

友達の友達は友達でいーだろ、の神林が目を丸くした。いつもはその方針にありがたくのっかるが、今日はだめだ。

「スイは自分のテリトリーに俺が首突っ込むの嫌みたいだから」

「そんなこたねーだろ」

「とにかく、俺は帰るから」

会いたいけど、スイは嫌がる。

これ、まだつき合ってるって思っててていいのか。

冷めたコーヒーに形だけ口をつけて立ち上がると、自嘲めいた疑問が湧いた。

愛情の天秤《てんびん》が釣り合っていないことは百も承知だ。自分だけがものすごく好きで、スイのほうはそうでもない。でも、そんなことはスイが恋人になってくれたという幸運の前では些細《ささい》なことだった。

どこかに行ってしまいそうだから、安心させてほしい。ただそれだけの願いが叶わない。

店を出て、御堂は中華料理屋やドラッグストアの並ぶ商店街を駅のほうに向かった。幼児の手を引く主婦や、そろいのジャージを着た高校生の集団を追い抜き、御堂はそこではっと歩調を緩《ゆる》めた。藤野だ。

スーツの上から黒のライトコートを羽織《はお》り、ビジネスバッグを下げた藤野は、記憶をたどるような顔つきでこっちに向かって歩いてきている。神林のアパートは知っていても、喫茶店のほうはよく覚えていないのだろう。

「司《つかさ》？」

とっさにドラッグストアに入ってやりすごそうとしたが、その前に声をかけられた。しまった、と思ったがもう遅い。ばっちり目が合って、御堂は仕方なく足を止めた。

「なにしてんの、こんなとこで」

藤野はいつもとまったく変わらない様子で近づいてきた。口元にはわずかに笑みさえ浮かべていて、ここのところの諍《いさか》いを水に流そうとしてくれているのがわかった。

「洗剤切れてたの思い出して、買おうかなと思ったんだけど、やっぱり荷物になるから止《や》めた」

御堂もできるだけ自然に答えた。

「ちょうどよかった。サモワールってこの筋だよな？　俺、よく覚えてなくてさ。司も今から行くんだろ？　神林が御堂も来るぞって言ってた」

「あ、いや。俺は帰ろうと思って」

「なんで？」

歩き出そうとしていた藤野が怪訝《けげん》そうに御堂を見上げた。

「だって、――スイが嫌だろ」

歩み寄ってくれている藤野に、俺も努力するよ、とアピールしたつもりだった。

藤野がわずかに目を眇《すが》めた。

「高校のときの集まりに部外者が首突っ込んだら悪いし」

次に同じことで衝突したらきっと別れ話になる、という予感があった。だから極力譲歩して、藤野の嫌がることはしないでおこうと決心していた。

「ちょっと待てよ」

じゃあ、と離れようとすると、藤野が腕をつかんだ。

「神林が誘ってんだから来ればいいじゃん。この前言ってた三輪と良太も来るし」

「本当に、今日はいいよ」

「…なんだよ、それ」

藤野の声が低くなった。

「いつもどこに行くんだ、誰と会うんだってあんなに訊くのに、せっかく神林が誘ってくれてるのを断るのかよ」

気を遣ったつもりが、逆に藤野の癇《かん》に障《さわ》ってしまったらしい。

「神林は関係ないだろ」

それに、自分が求めているのはそういうことじゃない。

「スイを束縛《そくばく》したいわけじゃなくて…、俺はただ、不安なだけなんだ」

また話がよくないほうに転がりだしそうな気がして、御堂は正直に打ち明けた。藤野が目を眇めた。

「不安？　なにが？」

「なにが、って…」

「俺は司が俺の知らない友達と遊んでても、別に不安とかならねえよ」

「それは、俺がスイにしか興味がないの知ってるからだろ」

「なにそれ」

藤野が不快そうに眉を上げた。

「それじゃおまえは俺が他の男に興味ありそうだって思ってるのか?」

「そんなこと言ってない」

「言ってるのと同じだろ。心配だ不安だっていちいち干渉してくるの、つまり俺が浮気するかもって疑ってるんだな?」

「……」

矢継《やつ》ぎ早《ばや》に言いつのられて、御堂は返事に詰まった。それに、端的《たんてき》に言えばそのとおりだ。自分のようなつまらない男に藤野がいつ愛想をつかしてしまうかと常に心配している。

「信用ねーのな、俺」

黙っている御堂に、藤野が自嘲《じちょう》するように言って下を向いた。

せっかくお互い譲歩しようとしていたのに、いつのまにかまたわだかまりの中にいた。

なんで俺たちはこうなるんだろう。うまくいかないんだろう。

「もういいよ」

ふっと息をついて、藤野は顎をあげた。

「別れよ」

ぽん、と軽く突き出された提案に、不思議に驚きはなかった。

遅かれ早かれそういう結論になるんだろう、という予感があった。

「俺が悪いとか、司が悪いとかじゃない。相性が悪いんだ。お互いさ、神林を吹っ切るためのとっかかりだったんだって思えばいいよ。実際そうなんだし。このままつき合っててもどうせうまくいかねーよ。今ならまだ傷浅いし、この先神林の結婚式に呼ばれて顔合わせたとしても普通にしてられるじゃん」

ずっと考えていたことなのか、藤野は淡々と話して、最後に口の端を持ち上げた。笑顔なのにどこかが痛そうだ。

俺のせいで、スイはこんな顔をしている。そう思うとふっと力が抜けた。

「もっと合うやつがいるよ。俺も、司も」

そうなんだろうか。きっとそうなんだろう、と御堂は藤野をぼうっと見ていた。頭では理解しても、気持ちが追いつかない。

向かい合って立ち尽くしていると、急に風が冷たくなった。もうアーケードには明かりがついている。

「そろそろ行くな」

断ち切るように言って、藤野がコートの襟《えり》を立てた。首元が寒そうだ。

「スイ」

首に巻いていた短いストールを外して差し出すと、藤野が困惑したように御堂を見上げた。

「返さなくていいから」

言いながら、ああこれは別れを了承したって意味だな、と自分が口にしている言葉なのに、他人事のように思った。返さなくていいから——もう会わないから。

迷っていたが、結局藤野は受け取ってくれた。

「うちにあるおまえの私物と一緒に、後で送るよ」

藤野がストールを首に巻きながら目を伏せて言った。もう直接は会わない、というのがリアルに迫って、別れよ、と言われたときよりずしっときた。

「たいしたものないし、ぜんぶ捨ててくれていいよ」

できるだけ何も考えないように努力した。

「それなら司のとこにある俺のも捨てて」

嫌だとか、別れたくないとか、やり直したいとか、未練がのどの奥からせりあがってくる。

「じゃあ」

短く言って、藤野が背を向けた。

「花屋の一つ向こう」

藤野が肩越しにこっちを見た。

「サモワール。その先にある花屋の隣だから」

小さくうなずいて、藤野は早足で歩きだした。

しばらくそこにたたずんで藤野を見送り、それから御堂も駅に向かって歩き出した。

5

クリスマスどうするー？　という浮《うわ》ついた声とともに、藤野《ふじの》の前に制服の女の子が二人座った。

自社ビルの一階に入っているデリカフェは、十二月に入ってそこここにクリスマスのオーナメントが飾られるようになった。そっけない八人掛けのテーブルにも、中央に小さなトナカイの入ったスノードームが置かれている。

食べ終わったトレイを手に立ち上がりながら、藤野は「面倒くさいけどしばらくランチは社外に出るかな」とぼんやり考えた。でないと前の席に誰かが座るたびに「もしかして」と期待してしまう。長身のいい男が気まずそうな顔をしてそこにいるんじゃないかと想像してしまう。

別れよう、と切り出したのは自分だ。

御堂《みどう》は黙って受け入れてくれた。だからいい加減忘れるべきだ。

商店街の小さなドラッグストアの前で、御堂と目が合ったとき、藤野は半分以上覚悟していた。

周囲を見ていても、うまくいかないカップルはどうしてもうまくいかない。泥沼にはまってさんざん揉《も》めたあげく、憎しみあうようにまでなってしまうケースも珍しくなかった。御堂とはそんなことになりたくない。なにより自分たちには神林《かんばやし》がいる。顔を合わせるのも困難なほどこじれたら、お互い神林と会うのに支障が出てしまう。それだけは避けたかった。

だから次に同じようなことで揉めたら、もう諦めようと決めていた。

そして案《あん》の定《じょう》そうなった。

修復しようと試《こころ》みて、御堂も歩み寄ろうとしてくれていたのに、いつの間にかまた言い争いをしそうになっていた。やはりどうしても嚙み合わない。

深手を負う前に清算したほうがいいという藤野の主張を、御堂も理解してくれた。

御堂の体温の残るストールを巻いて古くさい喫茶店に行くと、よほどひどい顔をしていたらしく、神林になにかあったのかと心配された。

迷ったが、隠してもしょうがねえや、と半分自棄になって別れたと打ち明けた。

根掘り葉掘り訊く男ではないし、下手な慰めも言わないが、それからずっと心を痛めているのはひしひしと伝わってきて、藤野はなんだかそれにも落ち込んでいた。

幸い仕事のほうが忙しく、それで少しは紛《まぎ》れたが、ふとしたときに寂寥《せきりょう》が押し寄せる。特にランチは鬼門だった。

とりあえず明日はコンビニでなんか買って食おう、と考えながら返却口にトレイを返しているとスーツのポケットでスマホがぶるっと震えた。御堂のものはぜんぶ消しているから、スマホの着信には動揺しない。見ると夜遊び仲間の一人からで、クリスマスイベントの誘いだった。

毎年この時期になると同じような誘いが連日届く。

返信するのもしんどくて、藤野はスタンプだけ返してポケットに入れた。エントランスの待合スペースをできるだけ目に入れないようにしてエレベーターホールに向かう。

六月につき合いだして、半年も保《も》たなかったな、とほろ苦く振り返った。

夏ごろまではただ幸せで、お互い初めての恋人だったから、なにもかもが新鮮で刺激的だった。

いつから嚙み合わなくなったのか、なにが悪かったのか、考えれば考えるほど相性がよくなかった、という結論にしかならない。つまりどうしようもなかった。どのルートを辿っても結果は同じだ。

降りてきたエレベーターに乗り込み、藤野は上昇するスケルトンの箱から外を眺めた。どんよりした曇《くも》り空は今にも雨が降りそうだ。

「あーあ」

誰もいないのをいいことに、思い切りため息をついた。

どうしてあんな男を好きになったんだろう。

外見がいいのは認めるが、藤野はそこまで容姿にこだわりはない。ずっと片想いしていた神林にしても、決して見かけで好きになったわけではなかった。

そもそもの話、御堂司《つかさ》はまったくもって藤野のタイプではなかった。

狭量《きょうりょう》で、頑固《がんこ》で、変に潔癖で、空気を読まずに周囲を戸惑わせる困った男。ずっと片想いしていた神林とはなにもかもが正反対だ。好きになったのはなにかの間違いじゃないかとすら思えてくる。

でも少しでも気を抜くと会いたくなる。

つまらないことで衝突するようになってからもそうだった。御堂に腹を立てていても、苛立《いらだ》っていても、頭の片隅でいつも「司に会いたい」と思っていた。今も思っている。

「なんでだよ……」

国内事業部のフロアに着くと、外廊下のガラス壁にぽつぽつ雨粒がついていた。厚くなった雲を眺め、雷《かみなり》がきたら嫌だな、と思った。もっと司に会いたくなる。怯《おび》える藤野を大丈夫だから、と抱きしめてくれた腕を思い出してしまう。

オフィスは昼休憩の時間帯でがらんとしていた。頭を切り替えよう、と藤野は自分のブースに向かった。仕事に集中しているときだけはつまらない悩みから解放される。

モバイル端末《たんまつ》に会議用のデータを呼び出そうとしていると、またスマホが着信した。電源を切っておこうとポケットから出すと、画面にトークが表示されていた。

〈スイ、彼氏と別れたらしいけど、彼氏が最近店に顔出してるのは知ってる?〉

「——は?」

藤野はトークを見直した。送ってきたのは行きつけのバー「JACK」の常連、水野《みずの》だ。ポップアップは最初の数行しか表示しないので、藤野は急いで画面をタップした。

〈スイのほうはぜんぜん来ないから、なにか面倒なことでもあったのかって心配になって。おせっかいだったらごめん〉

彼氏——司が店に顔を出している？

まさか、と驚いて、手早く水野に返信を打った。

〈彼氏って、司のこと？〉

送ったメッセージはすぐ既読になって、ややして返事がきた。

〈俺もちょっと忙しくてここんとこ顔出してなかったんだけど、昨日久しぶりに行ったらスイの彼氏が一人で来てて、スイと別れたっていうからびっくりして。ナギちゃんたちが言うには、十日くらい前から毎晩来てるんだって〉

なにかの間違いじゃないかと疑ったが、何回か水野とメッセージのやりとりをして、本当に御堂が毎晩のようにＪＡＣＫに足を運んでいるらしいとわかった。ゲイバー嫌いのはずの司が、なんのために？　と藤野は混乱した。

〈スイに未練があって来てるんだろうけど、スイのほうはどうなの？　もしスイにその気がないなら俺からそう伝えようか？　でないとスイが来づらいだろ〉

未練、という文字を藤野は見つめた。

自分にそれがまったくないと言えば嘘になる。でも自分たちが合わないということもはっきりしていた。

初めて同士でつき合って、決定的ななにかがあって別れたわけではない。だからすぱっと断ち切るのが難しいのはあたりまえのことだ。会いたいと思ってしまうことと、本当に復縁しようと動くのとはぜんぜん違う。

〈ありがとう。揉めて別れたとかじゃないからだいじょうぶだよ。ほとぼりさめたら俺も顔出すから、そのときまた〉

とりあえず、そう返した。

なんのつもりで御堂が店に足を運んでいるのか気になったが、その時点ではやりすごすつもりだった。

今度こそ電源を切ろうとしたとき、また水野からメッセージが来た。

〈ヒロ君が虎視眈々《こしたんたん》で狙ってて、店の空気すごく微妙だから俺なんかは正直勘弁してって感じなんだけどね。じゃあまた〉

藤野はヒロ君、という文字をじっと見つめた。

広田《ひろた》――可愛い顔をした肉食系の常連客。

藤野の目を盗んでこっそり御堂を誘惑しようとしていた。

猛烈にもやもやした。

――あの人、テーブルの下でずっと俺の足つついてきて…

——トイレで待ってて、スイってそんなにいい？　とか違う味に興味ない？　とか言ってきて…

御堂の困惑した顔を思い出し、反射的に「ふざけんな」と闘志が湧いた。

が、すぐいやいや、と藤野は心の中で首を振った。司とは別れた。もう俺には関係ない。司が誰と何をしようと、司の自由だ。

そう思った瞬間、今度は胸が締めつけられるように痛くなった。

もしかしたら御堂は新たな出会いを探すために唯一知っているゲイバーに通っているのかもしれない。普通なら別れた相手のテリトリーは避けるが、御堂ならありうる話だ。そう思うそばから「司がそんなことするわけない」と打ち消したがっている自分がいて、藤野は自分でも驚くほど動揺した。

そうだ。俺は司がよそ見するかもって考えたことがなかった。

言葉でも、態度でも、百パーセントの情熱を自分だけに向けてくれていたから。

別れてしまった今ですら、御堂がそう簡単に別の誰かを好きになるわけがないと信じている。

そのくらい愛されているという自信があった——今でも。

そのくせ、不安なんだ、心配なんだ、と訴える御堂を「俺が浮気するとでも思ってんのか？」と切り捨てた。安心させる努力もしなかったくせに。

自分の狡《ずる》さ、傲慢《ごうまん》さにやっと気づいて、藤野は奥歯をかみしめた。手に持ったままだったスマホの画面がスリープで暗くなった。ヒロ君、という文字も消えていく。唐突に広田が御堂にしなだれかかっているのを想像してしまい、また猛烈にむかついた。腹を立てる権利なんか自分にはないのに。

もう御堂とは終わった。

いくら反省しても、今さらだ。それに、自分たちが合わないことには変わりがない。潔《いさぎよ》く忘れるべきだ。

そう思いながら、その夜藤野は久しぶりにＪＡＣＫにでかけた。

6

「いらっしゃいませ」

ウッドドアを開けると、聞き慣れたマスターの声が藤野《ふじの》を迎えた。

「あ、藤野君。久しぶり」

藤野を認めると、マスターは歓迎の笑顔を浮かべ、次に微妙な目つきになって合図するように奥のボックス席に視線をやった。

平日ど真ん中で、店は空《す》いていた。

カウンターでしっとり飲んでいる二人連れのほかは、ボックス席の数人しかいない。マスターの目つきの意味はすぐにわかった。

御堂《みどう》がこちらには背を向ける位置で、広田《ひろた》たちに囲まれていた。

「いいの？　あれ藤野君の彼氏でしょ」

マスターが声を潜めて話しかけてきた。L字のカウンターの短い端に腰を下ろすと、御堂の向かいに座っていた広田がふとこっちに視線をよこした。藤野に気づいて一瞬目を見開いたが、すぐ挑戦的な笑みを浮かべた。無視して、藤野は「もう彼氏じゃないけどね」とマスターに答えた。

「本当に別れたんだ」

マスターが残念そうに言っておしぼりを差し出した。

「でも彼氏のほうは未練あるんじゃないの？　二週間…にはまだなってないけど、毎晩来てて、スイとは別れたっていうから広田君たちが盛り上がって、毎晩あの調子」

「今はまだいいんだけど、広田君とナギちゃんが水面下でけっこう本気のバトルやってるっぽいのが、なんていうかね……」

スイとは別れた、という一言に、自分から言い出したことのくせに、藤野は小さく傷ついた。

客筋のいいのがこの店の売りで、トラブルに発展しそうな成り行きにマスターは気が揉《も》めているようだった。

「ねー司《つかさ》クン、司クンのタイプってどんな感じ〜？」

広田が急に声を張り上げた。

「タイプ？」

「好きな男のタイプだよぉ」

司クン、という呼びかけに、なに下の名前を呼ばせてんだよ、とひそかに胸が煮える。他にグループ客もいないので、広田たちの会話は嫌でも耳に届いた。

「美人系？　可愛い系？」

「いや、――いかつい系かな」

御堂の返事に、一瞬の間が開いた。

藤野だけは広田たちの反応に笑いをこらえつつ「神林《かんばやし》いいよな」と心の中で同意していた。

今御堂の頭にあるのは間違いなく神林だ。

「とにかく身体が頑丈《がんじょう》で、多少のことではびくともしない男がいい」

そうそう。

「上腕二頭筋《じょうわんにとうきん》が発達してるといい」

確かに。

「短髪で、日焼けしてて、筋肉質」

神林を念頭に理想を掲《かか》げる御堂に、藤野もいちいち深くうなずいた。

「つまり司クンってマッチョ好きなんだ！　意外～！」

気を取り直した広田に、別の一人も「へえ～。でも僕も雄《お》っぱい好き！」と笑う。

「いいよねいいよね、マッチョの雄っぱい！」

「乳首がこう、透けちゃって～」

きゃはは、という軽薄な笑い声に、藤野は今度は内心はらはらした。御堂にその手の話題はまったく受けない。下手したら「そういう発言は真面目に身体を鍛《きた》えている人に対して失礼じゃないですか」くらい言い出しかねない。案の定、御堂は無言でリアクションしなかった。

「御堂君もいい身体してるよね」

広田が軌道修正を試《こころ》みた。

「ねー」

「羨《うらや》ましい」

「人間は見かけより中身が大事だと思うけど」

御堂のきっぱりした発言に、また一瞬しらっとした空気が漂《ただよ》った。そんな正論聞いてねえ…、という声なき声が聞こえてきそうだ。

「いつもあんな感じ？」

微妙な顔つきのマスターにこそっと聞くと、「今日はまた一段と困った感じになってるね」と苦笑まじりの小声で返ってきた。

「変わってるよね、あの人。毎晩来てフリーをアピールするわりに誰にアプローチされてもずっとあの調子だし、まあ藤野君と復縁したくて来てるんだろうけど。水野《みずの》ちゃんもそう言ってたよ。藤野君のほうは？　どうなの？」

「どう、って…」

マスターに訊かれて返事に詰まった。御堂と別れてもぜんぜん夜遊びする気になれなかったのに、そして本当なら御堂とはちあわせしそうなところは避けてしかるべきなのに、御堂が毎晩来ていると耳にして、なぜか我慢できずにやってきた。

「でもさー、それじゃスイって司クンのタイプじゃなくない？」

広田がわざとらしく声を張り上げた。

「マッチョで性格のいい人が好きなんでしょ？　スイって真逆じゃーん。美形なのは認めるけど、線細いし、性格だって難ありだし～」

はあ？　とむかついたが、一方で「そりゃそうだな」と納得していた。御堂の理想の男は神林だ。おおらかで男気があり、体力も精神力も人並み外れて大きい、あんな素晴らしい男は他にはいない。でも、言わせてもらうが御堂だって神林とはほぼ真逆だ。似ているのはせいぜい顎《あご》の線が力強いということくらいで。

「スイはぜんぜんタイプじゃない」

御堂がつまらなそうに言った。

「俺は美形とか興味ないし、喫煙者は嫌いだし、わがままで口が悪くて、どちらかといえば嫌いなタイプだ」

ばっさり切り捨てられて、さすがの藤野もショックを受けた。そこまで言わなくてもいいじゃないか、と腹のあたりが冷たくなる。

「え、ちょ、ちょっとそれは言い過ぎかもよ…？」

あまりの断定口調に、広田が慌てたように早口になった。自分が煽《あお》ったくせに、おろおろと藤野のほうを窺って焦《あせ》っている。

「スイもあれでいいとこあるし。口は悪いけど根は優しいし、一本筋通ってて、友達思いなとこあるし。司クンだって、だからつき合ってたんでしょ？」

一生懸命フォローし始めた広田に、御堂が遮《さえぎ》るように言った。

「いいところがあるからつき合ってたんじゃない。嫌いなはずなのに、どうしても一緒にいたかったからつき合ってた」

広田が意味がわからない、というように瞬《まばた》きをした。他の男も困ったように顔を見合わせている。

——嫌いなはずなのに、どうしても一緒にいたかったから…。

藤野はぎゅっと手を強く握った。

そうだ、俺だって御堂はぜんぜんタイプじゃない。

妙に潔癖《けっぺき》で、融通《ゆうずう》がきかず、本当は俺よりよっぽどわがままだ。でもいつの間にか好きになっていた。

「すみません、今日はそろそろ帰ります」

気まずい沈黙をやぶって御堂が腰を上げた。帰り支度をしながらボックスシートから通路に出てきて、そこでえっ、と御堂は足を止めた。

「――スイ?」

藤野はとっさにカウンターから下りて御堂の腕を取った。

「ちょっと来いよ」

「え?」

「いいから」

びっくりしている御堂を引っ張って、藤野は店の外に出た。雑居ビルの連なる通りは表通りほどの賑《にぎ》やかさはない。

「スイ?」

放置自転車が固めて置いてあるビルの間まで来て、藤野は足を止めた。

勢いで引っ張ってきたものの、自分でもなんのためにこんなことをしたのかわかない。御堂の腕を離して、藤野はとにかく疑問をぶつけた。

「なんでこんなとこ来てるんだ?　おまえゲイバーとか嫌いだろ」

「変わりたかったから」

「は？」

思いがけないほど返事は早かった。御堂はまだ驚いた顔のままで、じっと藤野を見つめていた。ビルの壁面についているネオンサインの明かりが御堂の頬に原色を乗せている。

「スイと俺は相性が悪い。でもやっぱり俺はスイが好きなんだ。相性悪いのに、すぐ喧嘩になるのに、それでもスイに会いたいしスイが好きだ。それなら自分が変わるしかない。もっと誰とでもフレンドリーで、多少のことは気にしないおおらかな男になれたら、もしかしたらもう一度スイとつき合えるようになるかもしれない。——神林みたいな男になれたら」

藤野はぽかんとして御堂が話すのを聞いていた。

相性悪いのに、すぐ喧嘩になるのに、それでもスイに会いたい——藤野もいつも頭の片隅で考えていた。司に会いたい。

苛立《いらだ》って、むかついて、やっぱり俺たちは合わない、と腹立ちまぎれに結論を出しても、その次の瞬間にはもう「司に会いたい」と思っていた。

「おまえは別に今のままでいいじゃん…それ言うんだったら俺だってもっとおまえに合わせる努力するべきだったっていうか…」

どこかに行ってしまいそうだ、と不安がる恋人に、言葉や態度で誠意を示すことすらしていなかった。

「スイは今のままがいい」

改めて自分の至らなさに沈んでいた藤野に、御堂が妙にきっぱりと言った。

「え?」

「俺、いつも考えてたんだ。スイがもっと俺のこと優先してくれて、なんでも俺に話してくれて、恋人っぽくしてくれたらって。でも、よく考えたらそれはスイじゃなかった。俺は嫌いなタイプのスイが、好きなんだ」

禅問答《ぜんもんどう》のような矛盾した発言に、藤野はしばらくぽかんとしていた。

「――ああ、でも」

意味わかんねえ、と思いつつ、真剣な顔をしている御堂に、藤野はふと「俺も同じだ」と気がついた。

「本当だ。俺も融通の利《き》かない、空気読まないおまえが好きだ」

御堂が目を見開いた。

今も、斜め上の発想で変な努力を始めている御堂に、呆れながら惹かれている。

「けど、今のままだったら絶対にうまくいかないだろ?」

御堂がまた目に決意を浮かべた。

「だからゲイバーで社交性磨《みが》くのか?」

「他にどういう方法があるんだ。それにあの店に通ってたらスイに会えるかもしれないし。顔見られるだけでもいい」

藤野は思わず噴き出した。やっぱりこの男の言動はちょっとずれている。笑われて、御堂はむっと眉を寄せた。

「なんていうか…俺って本当に愛されてるんだな」

普段ならこんな思い上がったことはとても口にできない。藤野はしみじみと御堂を見つめた。合わないからしょうがない、と藤野は早々に諦めた。傷が浅いうちに終わらせた方がいい、とさっさと幕を引こうとした。でも御堂は一人で不思議な努力を始めていた。もう一度藤野とやり直すために。

「スイはあんまり愛してくれない」

御堂が無念そうに息をついた。

「そんなことはないだろ…」

「あるよ」

「なんで俺の気持ちを決めつけるんだよ。俺だってちゃんと好きだよ」

あまりに強く断定されて反発すると、御堂は口を尖《とが》らせた。

「俺よりはぜんぜん分量少ない。でもそれは別にいいんだ。スイがどこにも行かないって確証があれば」

「それで位置情報把握されんの？　ぜったい嫌だね」

「なんで？　俺だって教えるし、そのくらい…」

「俺はおまえの位置情報とか別に知りたくねーよ」

「そういうことじゃなくて」

「あーもー面倒くせえな！」

うんざりして話を遮り、そこで藤野はいつの間にか元の恋人同士のスタンスに戻って口喧嘩を始めていたことに気がついた。御堂も妙な顔をしている。

「スイ…」

「なんだこれ。いつの間にヨリ戻してるの、俺ら」

御堂がかすかに笑った。

「俺がしつこいから」

「司だけじゃない」

不思議な感慨《かんがい》が胸に満ちてくる。

どうしても合わない男が、どうしても好きだ。

「なあ、もういいじゃん。諦めて、別れるのやめよう」

口にしたら、完全に吹っ切れた。御堂はえ？　と目を見開いた。

「俺たちはどんなに頑張ったって神林たちみたいにほんわか仲良しにはなんねーよ。けど性格合わないのに好きなんだから、よっぽど好きなんだよ。そもそも俺ら、男の好みは一致して神林じゃん？　なのに俺もおまえも神林とは対極だからさ、どうしたってタイプじゃねーよ。なのに好きになってんだからある意味最強だよ。神林のこと好きってのよりよっぽど強力な『好き』なんだ」

「スイ…」

「だろ？」

御堂が肩から力を抜いた。

「うん」

ネオンサインが点滅を始め、御堂の瞳を輝かせている。

御堂が一歩藤野のほうに近寄った。藤野は目を閉じ、恋人のキスを受け取った。

「スイ、俺のとこに来る？」

「うちのほうが近い」

はやる気持ちで目を見かわして、同時に笑った。

「行こう」

7

そういえばこの前のときもＪＡＣＫの帰りで、こうして家に飛び込んでめちゃめちゃ盛り上がってセックスしたな、と藤野《ふじの》は玄関を開けながら思い出した。

でもあのときは地味に「うまくいかなくなるかも」という予感があった。だからその不安を打ち消すみたいに玄関入ってすぐ抱き合った。でも今日はそんなに焦《あせ》る必要はない。

俺たちは相性が悪い、とうなずき合って、それで不安は消えてしまった。

「風呂入《い》れるから、ちょっと待って」

玄関に鍵をかけて、藤野は浴室に向かった。

会社の借り上げ物件なので、御堂《みどう》の借りているワンルームのようなスタイリッシュな内装ではないが、代わりに設備は充実している。風呂もちゃんと独立していて、浴槽も広い。ざっと浴槽を流し、お湯を溜めていると御堂が入ってきた。

「スイ」

「脱がしてよ」

藤野は恋人に向かって両手を広げた。スーツの上着は脱いでいて、ネクタイも会社を出たときに外している。御堂はさっそく藤野の腰を抱き寄せた。

「ん」

経験がなかったというのが信じられないくらい、最初のときから御堂は動きに無駄がなく、することに躊躇《ちゅうちょ》がなかった。スイがしてほしがってることとなんとなく全部わかるから、と言うのは本当なんだろうか。スラックスからシャツの裾《すそ》を引き抜き、大きな手が裾から中に入ってくる。

「う、ん……」

手のひらが脇から胸のほうにゆっくり動く。くすぐったさが性感に代わり、ぞくぞくっと背中が震えた。

「もう、ほんとに触りかたがやらしー…ん、う…」

脱がされるだけで感じる。

「スイ」

「ん？」

「――やばい……」

スラックスが足元に落ち、シャツは前をぜんぶ開けられた。御堂はごくっと喉を鳴らした。

「あ、あ……っ」

御堂が我慢できない、というように足元にひざまずいた。

浴室の壁に背を押し付けられて、藤野は熱い口腔《こうこう》に含まれた。強烈な快感に声が洩れる。浴槽にお湯が落ちる音と喘《あえ》ぎ声が混じりあって響き、藤野は両手で口を押さえた。先端をなめられ、裏筋をくすぐられて頭がぼうっとしてくる。

「あ、あ、あ……っ」

敏感な部分を尖った舌先でぬるぬる舐《な》められると、あっという間に限界になった。待って、と目を開けると、鏡に映った自分たちの姿をまともに見てしまった。

御堂のハイネックシャツは湿って濡れ、肌に張りついている。藤野は半裸で、濃厚な愛撫にとろけて立っているのがやっとだ。

「出る……っ」

御堂が口を離して見上げた。

「スイの射精するとこ、見たい。見せて」

熱っぽい目で言われて、藤野は素直に快感に流された。ばたばたっと御堂の手を濡らし、解放の快感に浸《ひた》った。

「——はあ、っ、…は、あ……っ」

羞恥《しゅうち》などぜんぜんなくて、藤野は床にへたりこんだ。床に精液が垂れ、壁にも飛び散っている。はあはあ肩で息をしていると、御堂が顔を近づけて来て、口づけられた。舌が興奮を伝えてくる。腕がノズルに当たって、お湯がシャワーになって降り注いだ。びっくりして顔を上げようとしたが、強引に頭を引き戻された。キスしている頭や肩、背中にシャワーが落ちてくる。

「スイ」

「ん」

舌を絡め合いながら御堂の隆起《りゅうき》したものを握ると、御堂が唇を離した。

「俺もフェラしたい」

欲望と興奮で声がかすれた。

「それ、あとでいい？」

御堂が性急に立ち上がった。シャワーを止めると、濡れたまま藤野の腕をつかんで立ちあがらせた。

「今すぐしたい。ここで」

濡れて張り付いていたシャツをはがすように脱がされ、壁に手をつくように促《うなが》された。

「ええ？」

ふざけているのかと思って笑いかけたが、御堂は本当に切羽《せっぱ》詰まった顔をしていた。そもそも御堂にはユーモアセンスがない。いつでも本気だ。

「嫌？」

「嫌、じゃないけど、立ちバックとかしたことないから…」

指がもぐりこんでくるのを許しながら、藤野は目を閉じた。射精の快感がまだ残っていて、中で指がうごくと身体の奥から複雑な感覚が湧き上がってくる。

「――あっ、……」

「スイ」

「や……、ぁ、あ…っ」

今イッたとこなのにもう興奮していて、背中から手を回して確かめられると隠しようがなかった。

「嫌じゃないよな?」

「嫌じゃない…けど、したことないからできるのかなっていう……あ、っ」

壁に手をついているだけでは不安定で、御堂が鏡の前のラックに両手をつくように誘導した。

「これ、なんか嫌…だ、…」

鏡がすぐ前で、お湯が流れるたびに両手をついて、犯してもらうための姿勢をとらされているのがまともに見える。

「スイ」

抵抗しようとしたのは一瞬で、興奮した恋人の声とあてがわれた感覚に全部が吹き飛んだ。

「うぅ…、あ——…っ、あ、あ……」

ぐいっと熱いものが侵入してきて、勝手に声が出た。我慢できない、というように奥まで一気に貫《つらぬ》かれ、藤野はのけぞった。そのせいで角度が変わり、御堂が声を洩らした。快感が押し寄せる。

「スイ」

力強い腕が腰を支えると、さらに深く打ち込まれた。衝撃に息が止まる。苦しいのに、気持ちがいい。

「司…、いい、…っ、はあ、あ……っ、はあ、あ……」

突き上げられるたびに内側から熱い感覚が溢れてくる。藤野はひたすらそれを味わった。

シャワーヘッドがはずれ、しぶきが飛び散った。

「ああ、ん、う、……っ、は、あ、はあ…っ…は…っ」

ひときわ動きが激しくなり、限界が近づいた。

「もう、無理、イク…っ」

気持ちよすぎて他に意識が向かない。足も手もがくがく震えた。

「スイ」

背後の御堂が小さくうめいた。

「――」

中で御堂が大きく脈動するのがわかった。藤野もその波に乗った。

一瞬の空白のあと、ざあっというシャワーの水音が急に聞こえてきた。

「スイ」

ずるずる崩れそうになるのを御堂が支え、また一緒に床にへたりこんだ。はあはあ息をきらしながら壁にもたれて、藤野はあちこちに跳ねて落ちてくるお湯の中で瞬《まばた》きをした。御堂の大きな手が藤野の頬に触れた。

「スイ――」

「やっぱりこっちの相性は最高だな、俺たち」

藤野が言うと、御堂が困ったように笑った。

「無理させて、ごめん」

「今さら」

「だって、スイがエロいから」

「俺のせいなの？」

「スイのせいだ」

快感の余韻《よいん》の中で言い合いながらキスを交わし、藤野はひたすら幸せだった。

8

「わー、美味《おい》しそう」

運ばれてきたランチセットに、埜中《のなか》が声を弾ませた。

ランチタイムぎりぎりで滑り込んだ全国展開のファミリーレストランは、冬休みの子ども連れでほどよく混み合っていた。あわただしい年末年始が過ぎ、子どもたちのはしゃぎ声もどこかのんびりと聞こえる。

「それにしても気持ち良かったなー」

一番奥の四人掛けのテーブルに陣取って、藤野《ふじの》はすがすがしい気分でグラスの水を一口飲んだ。年明けの初乗りに、神林《かんばやし》たちと四人で森林公園を一周するツーリングを楽しんだあとだ。

「天気よかったからな」

神林が大盛りのどんぶりをさっそくかき込んでいる。

「風もなかったし」

「俺はけっこう風も好きだけどな」

「上りで風が押してくれる感じのときはありがたいですよねー」

食事をしながらわいわい次はどこに行こうかという相談をする。

「あ、その時期って俺は出張だな」

今度は近場の温泉狙って一泊で行こう、と話がまとまり、日程の候補があがった。藤野が思い出して言うと、隣の御堂《みどう》が「出張？」と思い切り眉を寄せた。

「そんなの聞いてないけど」

「言ってなかったっけ。地方のデパート巡りで、なげーんだよ。二週間もホテル暮らしとかげんなり」

「二週間⁉　初めて聞いたぞ」

御堂が気色《けしき》ばんで、藤野は「今言ったからいーじゃんか」と軽く流した。

「よくない！　なんで言わないいんだ、そんなに長い出張なのに」

「先週、急に決まったんだよ、先輩の代打で」

「先週から今日までに何回会った?」

「言い忘れてた」

「スイはいつもそれだ」

「仕事なんだからしょーがねーだろ」

しつこい御堂にむかっとすると、神林が「まあまあ」と苦笑いでとりなしてくれた。

「それにしても、本当に仲いいですねえ」

埜中が感心したようにつぶやいた。

「よくない」

「よくねえよ」

二人同時に答え、神林と埜中が目を丸くした。

「スイとは相性が悪い」

「最悪だ」

にらみ合っていると、なぜか埜中がくすくす笑い出した。

「わたしも店長とそんなふうに喧嘩できるようになれますかね」

埜中が妙に羨《うらや》ましそうに言った。

「へ? 埜中さんと神林っていつも意見一致してて喧嘩なんかならないだろ? そのほうがよ

っぽどいいよ。俺らなんか気が合わないからほぼ毎回罵《のの》り合ってる」

「罵り合ってないだろ。スイがいつも一方的に言い負かしてくる」

「そういうのを喧嘩仲良し、っていうそうですよ」

埜中がおかしそうに口をはさんだ。

「意見が合わなくても、相性が悪くても、それでもいつも一緒にいるんだから、つまり最強に仲がいいんですよ」

「確かにそうかもなぁ」

神林が納得した顔でうなずいている。

なんだかのろけてしまったようで照れくさく、思わず御堂と顔を見合わせた。御堂もかすかに口元が緩んでいる。

「いつかめっちゃ喧嘩しましょうね、店長」

「おう、しようしよう」

意気投合している二人に、藤野はこっそりテーブルの下で御堂の足をつついた。

相性が悪くて気も合わないが、それでもやっぱり司《つかさ》が好きだ。

最強に仲のいい彼氏は、すぐさま藤野の足をつつき返してきた。

あとがき

AFTERWORD

—安西リカ—

こんにちは、安西《あんざい》リカです。

このたびディアプラス文庫さんから十五冊目の本を出していただけることになり、大変喜んでおります。

これも既刊をお求めくださった読者さまのおかげです。本当にありがとうございました。

相変わらず「ツイッターとかサイトとかやってみたいなあ」と思うだけでまったくなにもせず、ふがいないことこの上なしです。おかげであとがきか雑誌のコメント欄でしか御礼を申し上げられないのですが、お手紙やアンケート、大切に拝読させていただいております。本当に嬉しいです…！

今作はディアプラス本誌での「両片想い」特集で書かせてもらったお話です。

もともと放っておいても両片想いの話ばかり書いていますので、「特集です！」と張り切ってみてもあまり特別感がなく、それならちょっとだけ変化球で（といってもしょせん私なのでたいしたことはなかった）頑張りました。

例によって手に汗握る要素など一切なく、低い山場とどこにでもいるお二人さんの話ですが、ちょっとした気分転換やお休みのときのおともに楽しんでいただけましたら嬉しいです。

陵《みささぎ》クミコ先生、イラストをお引き受けくださり、ありがとうございました。雑誌掲載のときにいただいたラフに神林《かんばやし》までいて、驚愕いたしました。いつも爽《さわ》やかで可愛らしい絵柄のイラストを拝見していましたので、まさかあの陵先生が!! と目を疑いましたが、嬉しかったです。またいつかご一緒できるよう、精進《しょうじん》いたします。

担当さまはじめ、関わってくださったみなさまにも御礼申し上げます。これからもどうぞよろしくお願いいいたします。

そしてなにより、今作を手に取ってくださった読者さま。本当にありがとうございました。いろいろ厳しい昨今《さっこん》ですが、書かせていただける間は精いっぱい頑張りたいと思っておりますので、どこかで見かけて気が向かれましたら、また読んでやってください。どうぞよろしくお願いいいたします。

安西リカ

この本を読んでのご意見、ご感想などをお寄せください。
安西リカ先生・陵クミコ先生へのはげましのおたよりもお待ちしております。

〒113-0024　東京都文京区西片2-19-18　新書館
[編集部へのご意見・ご感想] ディアプラス編集部「彼と彼が好きな人」係
[先生方へのおたより] ディアプラス編集部気付　○○先生

- 初 出 -
彼と彼が好きな人：小説ディアプラス18年アキ号（Vol.71）
結局彼が好きな人：書き下ろし

[かれとかれがすきなひと]
彼と彼が好きな人
著者：安西リカ あんざい・りか
初版発行：2019年12月25日

発行所：株式会社 新書館
[編集] 〒113-0024
東京都文京区西片2-19-18　電話（03）3811-2631
[営業] 〒174-0043
東京都板橋区坂下1-22-14　電話（03）5970-3840
[URL] https://www.shinshokan.co.jp/

印刷・製本：株式会社 光邦

ISBN978-4-403-52498-1